探偵の探偵　桐嶋颯太の鍵

松岡圭祐

角川文庫
23420

目次

1

文京区《ぶんきょう》の坂宮《さかみや》女子大に通う、十九歳の曽篠璃香《そしのりか》は、六本木《ろっぽんぎ》のガールズバーでアルバイトをしていた。

接客業には自信がなく、キャバクラのように怪しい場所では働きたくない、それが璃香の考えだった。とはいえ高円寺《こうえんじ》駅近くのひとり暮らしは家賃が高額になる。親が離婚しているうえ音信不通。生活苦は受験のころから覚悟していたが、やはり奨学金だけでは厳しかった。大学の友達に相談すると、彼女が何か月か前まで働いていたという、マリー＝アンジュなる店を紹介してくれた。時給は千五百円だったという。

ガールズバーはあくまでショットバーの一形態であり、名目上はバーテンダーを女性が務めるにすぎない。風俗業ではなく飲食業に分類される。深夜を過ぎて営業することもない。常にカウンター内に立ち、対面する客と会話するだけだ。キャバクラのように客の隣に座ったり、タバコに火を点《つ》けたりする接客サービスは、むしろ御法度だった。そのようにきいて、ようやく試しに面接を受けてみる気になった。

六本木交差点に近い雑居ビルの二階、マリー＝アンジュの店内に入ったとたん、璃香はただ驚いた。ロココ調の内装は絢爛《けんらん》豪華で、ヨーロッパの老舗《しにせ》ホテルのようだった。白い天井と壁は、繊細な装飾の回り縁やモール、腰板に彩られている。金の縁取りの鏡に、アンティークとおぼしき宮廷家具。カウンターもマホガニー製だった。向かい合う客の椅子は大きく革張りで、肘掛《ひじか》けが付いている。ガールズバーというよりクラブラウンジと呼ぶにふさわしい。

超高級店にちがいない眺めに、璃香はまたも怖《お》じ気《け》づいたが、面接は一発合格と伝えられた。状況に流されるまま勤務が始まった。店ではリリカという源氏名になった。そ当初は客を前にしても、ぎこちなく言葉を交わすぐらいで、ほぼ聞き役に徹した。それでも自然に指名が増えていった。競争などまったく意識しないうちに、気づけば店長からナンバーワンの表彰を受けていた。

時給はどんどん上がっていき、たちまち三千円に近づいた。離れて暮らす高二の妹にも、かなりの仕送りができるようになった。妹が心配しないよう、父が生活費を振りこんでくれている、そう伝えておいた。姉経由で妹のぶんも送られていると説明した。実際には父や母と連絡をとるすべはなかったのだが。

客層は年齢が高め、質のいいスーツを身につけた、社会的にも地位のありそうな男性が多かった。ボディタッチはいっさいないが、店外のデートを求められたりはした。璃香は店のルールに従い、やんわりと断るのが常だった。

そんな折、いちども顔を合わせていない客から指名を受けた、店長からそう告げられた。どうやら店のナンバーワンに接客してほしいとの要望だったらしい。ルールを外れた求めには応じないはずの店長が、なぜかぴりぴりとした態度をしめしつつ、粗相がないようにと釘《くぎ》を刺してきた。

開店して間もなく、まだ客も少ない店内に、その客は現れた。

巨漢だった。薄暗い空間をふたつの人影が、肥満体を揺すり近づいてくる。前を歩く男性は、白髪頭でしかもちぢれ毛、頬肉が垂れていた。瞼《まぶた》も腫《は》れぼったい。ブルドッグを連想させる顔だった。身だしなみには気を遣っているらしく、スーツはオーダーメイドにちがいない。肥え太っていながら、シルエットに一定の優雅さを醸しだす。年齢は六十過ぎと思われた。

後ろをついてくるもうひとりは、似たような体型ではあるものの、両頰は垂れていなかった。肌には張りがある。もっと若いのだろう。四十代、いや三十代かもしれない。年齢不詳なのはスキンヘッドのせいもある。一重瞼で仏頂面、口髭《くちひげ》を生やしていた。スーツはわりと地味めだった。総じてプロレスラーっぽい。

白髪のブルドッグ似のほうが、璃香の前に座った。肘掛け椅子《いす》の幅いっぱいに、寸《ずん》胴《どう》を押しこんだ感がある。ぼんやりした目が璃香に向けられた。いらっしゃいませ、璃香はにこやかに挨拶《あいさつ》した。

もうひとりの肥満体は立ったまま、ブルドッグ似と小声で話した。スキンヘッドは着席もせず、踵《きびす》をかえし立ち去った。そのときでていったきり、店には二度と姿を現さなかった。

漆久保《うるしくぼ》と自己紹介した客が、名刺を差しだしてきた。スギナミベアリング株式会社、代表取締役、漆久保宗治《むねはる》とあった。馴《な》染《じ》みのない社名だったが、女子大生の璃香が知る企業などかぎられている。ベアリングというからには機械部品系だろう。ききおぼえがないだけにちがいない。

ふてぶてしい客かと思いきや、意外にも物腰が柔らかく、やさしい性格をのぞかせる。酔った客は本性を現しがちだが、漆久保はあまり変わらなかった。微笑はめったに浮かばないものの、面の肉が厚いため、表情が判然としないだけかもしれない。

会話が弾んだという実感はなかったが、漆久保はまた来ると約束し、次の出勤日にも現れた。景気よくアルマンドという高価なシャンパンボトルをいれてくれる。当たり障りのないことばかり話していても、漆久保は上機嫌そうだった。店外デートに誘ってきたりはせず、連絡先の交換すら求めてこない。漆久保は紳士的な態度を貫いていた。

ただし璃香の指名が重なったとき、漆久保は唐突に怒りをのぞかせた。男性スタッフが璃香のもとに来て、ほかの客につくよう伝えると、漆久保は片手をあげ制した。璃香に留《とど》まるよう指図する一方、男性スタッフには店長を呼ぶようにいった。駆けつけた店長はひたすら恐縮し、失礼しましたと漆久保に頭をさげた。男性スタッフは遠ざけられ、璃香は漆久保の相手をつづけることになった。その後はいちども移動を命じられなかった。

漆久保のとろんとした目の奥に、瞬間的に妖《あや》しい光が宿ったのを、璃香は見てとった。ぞっとするようなまなざしだった。とはいえ漆久保は気を取り直したようすで、その後はそれまでと変わりなく、高価なシャンパンボトルを注文してきた。

璃香の出勤日には常に漆久保が来店した。なぜか前もって知らせていない日でも、漆久保は現れた。出勤日以外には姿をみせないという。だんだん開店直後から閉店まで、璃香は漆久保に独占されるようになった。ほかから指名が入っても阻まれてしまう。漆久保の相手をするためだけに六本木に通う、そんな日常になってきた。

店長はなにもいわない。漆久保は一回の来店につき百万円以上も使っている。このうえない太客で上客だった。経営者が入店を断るはずもない。

　ふだん客の身の上に関心を抱いたりはしないが、あまりの気前のよさに、どうしても意識せざるをえなくなった。璃香はスギナミベアリングについてネットで検索してみた。

　本社は杉並《すぎなみ》区善福寺《ぜんぷくじ》。国内と東南アジア各地に工場を持つ。ボールベアリングの分野で世界シェア一位。事業内容は機械加工品事業、電子機器事業。農林水産分野では、資源作物における品種改良の技術開発。二〇二二年三月期、売上高が連結で約一兆二千億円。営業利益九百三十億円、経常利益九百十五億円、純利益七百億円。純資産は二兆四千億円、従業員数十万人。代表取締役社長兼CEO、漆久保宗治。

　まったく想像もつかないレベルの大富豪。璃香は頭がくらくらした。なぜ六本木のガールズバーなど訪ねるのだろうか。たぶんお忍びでの戯れ、息抜きにすぎないのかもしれない。

　そうとわかればかえって気が楽になった。漆久保が飲み歩くうちのほんの一か所、いまは偶然気にいられているだけだ。きっとそのうち飽きられる。

　ところがある日、漆久保がそれまで口にしなかったひとことを告げてきた。銀座《ぎんざ》にいい店があってね、ディナーをご一緒したいんだが。

璃香は笑みが凍りつくのを自覚した。それでもなんとか、大学のサークル活動が忙しいので、そんなお決まりの言いわけで凌《しの》いだ。

その場では食い下がられることもなかったが、面食らったのは翌日の大学構内だった。璃香は茶道研究会から除籍を申し渡された。理由をきくと、多忙な璃香の貴重な時間を奪っているとの抗議が、某所から寄せられたためだという。いったい誰からのクレームなのかとたずねたが、代表はそれ以上なにも説明してくれなかった。問答無用で一方的に排除されるとは、あきらかにおかしな状況にちがいない。

夕方になり、腑《ふ》に落ちない気分のまま帰ろうとすると、大学のゲート前に大型のセダンが横付けされた。あとになってわかったがマイバッハという、メルセデス・ベンツの最上位車だった。後部座席には誰も乗っていない。運転席から巨漢が降り立った。漆久保の来店初日に同行していた、あのプロレスラーのようなスキンヘッドの男だった。スキンヘッドに口髭の男は、不気味な微笑とともに、璃香にうやうやしく頭をさげた。

男は黒川《くろかわ》と名乗った。妙に甲高い声で、クロと呼んでください、目を細めてそういった。漆久保がまつディナーの席へご招待、それが現れた理由だという。

璃香はあわてながらも、バイトの準備があるといって断った。バスや電車を乗り継いで帰るにあたり、璃香は何度も後ろを振りかえり、尾行されていないのを確認した。にもかかわらず翌日、マンションの自室にいると、なぜかクラクションがきこえてきた。窓の外を見下ろしたとき、璃香は心臓が止まりそうになった。あのマイバッハが停まっていた。しかも後部座席から漆久保が降り立ち、こちらを見上げているではないか。

心が細る思いでエントランスに下りていった。漆久保はチェックのジャケットにアスコットタイといういでたちだった。首がすっぽり肥満体に埋もれたようで、あきらかに逆効果のコーディネートに思えたが、漆久保はさも嬉《うれ》しそうに口もとを歪《ゆが》めていた。璃香、ディナーを予約してあるよ。漆久保はそういった。璃香は寒気に包まれた。源氏名のリリカではなく、本名の璃香で呼ばれた。

大学ばかりかこの住所まで知っていた。理由は考えるまでもない。店長が教えたにちがいない。璃香は腹立たしさよりも、ただ恐怖をおぼえていた。マンション前にまで押しかけられた以上、漆久保の誘いは断りきれなかった。マイバッハの後部座席に並んで座り、銀座の高級レストラン行きを余儀なくされた。

気もそぞろにディナーコースを終えたのち、同伴というかたちで六本木のガールズバーに移動した。バックヤードで璃香は店長に抗議した。ところが店長は途方に暮れた顔で、なにも喋《しゃべ》っていないよ、そう告げてきた。璃香の困惑は深まった。住所まで知っている従業員は店長のほかにいない。

　閉店間際になると、漆久保は璃香に対し、マンションまで送ろうといった。今度も璃香は逃れられなかった。漆久保が店長以下、ヘルプの女の子にまでチップを弾み、異議を封じていたからだ。

　高円寺まで向かう車内は暗かった。漆久保は前を向いたまま、黙って璃香の太腿《ふともも》に手を伸ばしてきた。璃香は身をよじり、拒絶の意思を伝えようとしたが、漆久保の手は離れなかった。

　すっかり怖くなった璃香は、翌日から店を休むと伝えた。体調不良を理由にしたため、大学にも行けなくなった。また漆久保のマイバッハが現れたら困る。マンションの自室も安全地帯ではなかった。璃香は大学の友達の部屋に転がりこんだ。

　そこで数日を過ごした。大学に行っている友達のため、璃香は午後から食事の用意をした。調理中にふと窓の外を見たとき、璃香はまたも衝撃を受けた。路地をゆっくりとマイバッハが進入してくる。

　コンロの火をとめる、かろうじてできたのはそれだけだった。璃香は自分のバッグを手にとり、あわてて部屋を飛びだした。裏の外階段を下り、友達のマンションから逃走した。

どうにもならず涙が滲《にじ》みだした。電車で移動しながら、救いを求めスマホで検索するうち、弁護士の広告を目にした。当日予約可、ストーカー被害相談とあった。璃香はその足で弁護士事務所を訪ねた。

弁護士には漆久保宗治の名を伝えた。スギナミベアリングという企業の社長だと説明した。すると弁護士は、漆久保は既婚者のはずだから、証拠を押さえれば遠ざけられるでしょうといった。

浮気専門の調査業者、いわゆる探偵を雇うべきだと弁護士が勧めてきた。プロの探偵なら、法的に効力のある証拠を揃えてくれるらしい。

マリー＝アンジュの売れっ子になり、それなりに貯金もできたため、探偵への報酬もなんとか払えそうだった。璃香は弁護士の推薦する探偵に会った。探偵によれば、あるていど証拠が固まりしだい、先方に警告するという。もうストーカー被害に苦しまなくていいとの話だった。おそらく漆久保と会うことは二度とありませんよ、探偵はそのように請け負った。

後日、璃香は探偵の報告をきくため、新宿《しんじゅく》の喫茶店で待ち合わせた。ところが探偵は顔じゅう絆創膏《ばんそうこう》だらけ、右腕を三角巾《さんかくきん》で吊《つ》り、足を引きずりながら現れた。探偵は半ば泣きそうな顔でうったえた。申しわけないんですが、うちではお役に立てません。報酬は不要ですので、どうかこの話はなかったことに。

そうですかとあっさり引き下がるわけにはいかない。璃香が理由を問いただすと、探偵は重い口を開いた。じつは向こうも探偵を雇っていたんです。漆久保は璃香さんについて、探偵に調べさせてるんですよ。調査業どうしのぶつかり合いというのは、業界のルール的にも禁止事項でして、そのこともあり辞退させていただけないかと。

漆久保が雇った探偵が何者かはわからないらしい。璃香の側の探偵は待ち伏せに遭い、袋叩《ふくろだた》きにされた。そのときの加害者は、口髭《くちひげ》を生やしたプロレスラーっぽい男で、これはクロにまちがいなかった。

じつは璃香が接触した探偵も弁護士も、漆久保側の探偵から身の上を調べられていたという。プライベートをこと細かに撮影した写真の束が、それぞれの郵便受けに放りこんであった。誰でも叩けば埃《ほこり》がでる。このままでは向こうに弱みを握られてしまう。どんな目に遭うか分からない。探偵はそういって頭をさげた。

璃香は激しく取り乱した。見放されては困ると涙ながらにうったえた。探偵も戸惑いのいろを濃くしたが、やがてぼそぼそといった。ひとつだけ方法があります。ご存じですか、〝探偵の探偵〟を。

2

晩秋の脆《もろ》い陽射しが降り注ぐ午後だった。日比谷《ひびや》公園の木々を赤や黄の葉が彩る。噴水広場から少し林のなかに分けいった、ひとけのない辺りに、古びたベンチが点在する。そのうちのひとつに、璃香は腰かけていた。

目の前に立った男性に面食らい、璃香はただ茫然《ぼうぜん》と眺めた。態度から察するに、この人がきょうの待ち合わせの相手、いわゆる〝探偵の探偵〟なのだろう。

年齢は三十代前半、痩身《そうしん》に光沢のあるスーツを着こなしていた。髪はわずかにウェーブのかかった、長めの七三分け。面長だが小顔で、端整かつ目鼻立ちがはっきりしている。日本人なのはあきらかでも、どこか異国っぽい謎めいた雰囲気を漂わせる。

探偵という職業のわりには、どうも華がありすぎる気がする。街を歩けば人目を引く、とりわけ女性の視線を釘付《くぎづ》けにしそうな容姿ではないか。妙にやさしいまなざしが璃香を見下ろす。見た目の若々しさに反し、中高年のような余裕をのぞかせる。

男が低く響くような声でいった。「曽篠璃香さん、初めまして。スマ・リサーチ、対探偵課の桐嶋颯太《きりしまそうた》です」

「対探偵……？」

「抗争専門ってことです」桐嶋は軽くおじぎをし、璃香の隣に座った。「失礼」

璃香は啞然《あぜん》とし、桐嶋の横顔を眺めた。胸の高鳴りにどんな意味があるのか、自分でもよくわからない。ただ周りを見まわさざるをえなかった。ほかに人目があるかどうか気になる。脈拍が速まったのはそのせいだろう。

探偵にしてはめだちすぎる男だった。こんな開けた場所で待ち合わせるのも、不用心としか思えない。だがここは桐嶋なる探偵のほうが指定してきた。

桐嶋はぼんやりと前方を眺めながらささやいた。「だいじょうぶですよ。僕らはわりと自然に、この景色に溶けこんでます」

「……ほんとですか？」璃香はきいた。

「ええ。失礼ながら璃香さんの昨今の装いが、少々派手なので、違和感のない場所を選びました。日比谷公園の昼下がりなら、特殊な商売や金まわりのよさを感じさせることなく、ただデートのためのおしゃれとみなされます。僕もそれに合わせてきました」

「派手ですって？」

「職業病ですよ」桐嶋が璃香のロングコートを一瞥《いちべつ》した。「女子大生らしい地味な外見を維持してると思っていても、だんだん男に気にいられやすい髪型やメイク、服装になっていく。高価なブランドばかりで、貧乏学生にはふさわしくない」

璃香はむっとした。「都心に呼びだされたから、相応のおしゃれが必要だっただけです」

「高円寺北一丁目のマンションから駅へ向かう時点で、すでに周りから浮いています。坂宮女子大のキャンパスでも同様です。お友達はひそひそ話をしてますよ。最近璃香さんは変わったと」

にわかに動揺がひろがる。どこから文句をつけるべきか、数が多すぎて迷う。なぜ璃香の自宅マンションの住所や、通学先を知っているのか。前の探偵は璃香のプライバシーについて、いっさい伝えないと約束したはずだ。璃香さんと下の名で呼んでくるのも、やけに馴《な》れ馴れしい。桐嶋はさっき抗争といった。探偵に対抗する探偵という意味かもしれないが、抗争とはヤクザの言いぐさではないか。

思いがそこに及んだとき、桐嶋があっさりと告げてきた。「そうですよ。物騒な世界です。あらかじめお伝えしておきます。僕は以前に逮捕されたことがあります」

璃香はどきっとした。まるで心を読まれたかのようだ。「逮捕って……?」

「ご心配なく。所長ともども不起訴に終わりました。刑務所にも行っていません。禁《きん》錮《こ》刑を五年以上受けていれば、この仕事に許可が下りないと探偵業法に定められていますので」

「なにがあったんですか」

「暴力沙汰《ざた》を少々……。でもやむをえないことだったと認められました」

「本当に……?」

「治安の悪化も背景にあります。武蔵《むさし》小杉《こすぎ》高校事変に始まり、シビック政変のころには、ずいぶん社会も乱れたでしょう?　うちもいちど廃業の憂き目に遭いました。でもコロナ禍の収束とともに、また見せかけだけの平和が戻ってきた」

「見せかけだけというのは……」

「表面上はなにごともないように装いながら、じつは陰でこそこそと情事に明け暮れたり、汚い金が動いたりする。僕ら探偵が必要とされる時代の再来ってことです」

璃香のなかにもやもやしたものが生じてきた。案外とっつきにくい男性だった。桐嶋の物言いは芝居がかっていて、ずいぶん気障《きざ》にも思える。変に自信にあふれているところも敬遠したくなる。抗争やら暴力沙汰、逮捕を自慢げに語るあたりも、妙に子供っぽい。

顔じゅう絆創膏だらけだった、例の探偵の顔が思い浮かぶ。ふいに璃香は寒気をおぼえ、ベンチの手すり側にずれて座り直した。「まさかあの探偵さんに暴力を振るったのは……」

「僕じゃないですよ」桐嶋がため息をついた。「あなたの住所をききだしたりはしていません。SNS特定屋の目は晦《くら》ませても、あなたのプライバシーは、探偵にはバレバレですから」

思わず息を呑《の》んだ。SNS。璃香はインスタグラムのアカウントを持っていて、画像と短い文章を投稿している。ただし身の上が発覚するような情報は載せないよう、常に細心の注意を払ってきた。ガールズバーの勤務にしろ、女子大への通学にしろ、まったくあきらかにしていない。高円寺に住んでいることすら伏せている。手がかりはいっさい残していない。

桐嶋がいった。「九月二十六日、マリー＝アンジュから帰るとき、財布を拾ったでしょう。交番に届けましたよね」

いわれてみればそんなこともあった。けれどもインスタに画像は上げていない。無関係の誰かが落とし主を装い、交番を訪ねてしまうかもしれないからだ。よって財布の特徴はいっさい記さず、ただ交番の画像だけを撮り、財布を届けましたとコメントを添えた。身に覚えのある人は、きっとそれで交番をあたるだろう、そう思ってのことだった。

さらに交番でも璃香は、自分の住所を伝えなかった。店長に連絡したところ、まだ店に居残っていたため、すぐに飛んできてくれた。遺失物の届け人は店長の名義になっている。

「でも」桐嶋が璃香を見つめてきた。「それがまずかったですね」

「なぜですか。身元がバレるようなことはなにも……」

「当時はまだ漆久保と知り合ったばかりで、あなたの住所は知られていなかったし、マイバッハで送迎されてもいなかったでしょう。しかし漆久保に雇われた探偵は、店をでるあなたの足もとに、わざと財布を落としていった」

「……あれは探偵の財布だったというんですか」

「なかにはカード型GPS発信器が縫いつけてあったと思いますが、探偵もあなたが財布を持ち帰るとは期待していなかったでしょう。ただ親切なあなたが、インスタに情報をアップするとは予測できていた。あなたが交番の外観を撮ったのも目撃したと思います」

胸騒ぎをおぼえる。璃香は言葉に詰まった。「じ、じゃあそのときに……」

桐嶋はうなずいた。「探偵は〝財布〟というワードで、ただちにSNSを検索した。あなたのインスタはそのとき特定されました」

「だけど……。インスタがわかったとしても、わたしの身の上については知りようがないはずです」

「本当に？　あなたのインスタは同世代の女性にくらべ、スタバやツタヤの店内画像が少ない。頻繁に使う駅周辺にそれらの店がない。高円寺の可能性が浮上します」

「そんなことだけで駅の特定までは……。自宅周辺では画像を撮ってもいません」

「八月二十八日、高円寺阿波踊《あわおど》りに合わせて花火があがった画像を、九月に入ってからアップしたのは気がきいてます。窓から撮ったのにフレームをトリミングして、窓枠すら画像に残さなかった。もちろん画像にGPS位置情報もなし」

「あの画像には、周辺の建物さえ写ってません……。なのに場所を特定されたというんですか」

「建物は写っていなくても、花火の明かりに照らされた雲が、うっすらと浮かびあがっています。白のスターマインに、蜂といわれるポカ物の花火が重なるのは、是村煙《こむら》火店の花火だけ。この夏、関東での実施は四か所。うち層積雲が漂っていたのは八月二十八日、杉並区立蚕糸《さんし》の森《もり》公園からあがった花火に限定されます」

「だけどそれだけじゃわたしの自宅は……」

「同日、中野四季《なかのしき》の森《もり》公園から撮った花火の動画が、ユーチューブで観られます。同じ花火が開いた瞬間の画像、花火の向きと層積雲との位置関係。打ち上げ場所も考慮し、三角測量で割りだせます。あとは現地の張りこみ調査で絞りこめました。高円寺北一－三〇－一七、カーサ諏方《すわ》五〇三、曽篠璃香さん」

　衝撃に言葉もでない。インスタの画像から私生活は発覚しない、そのはずだった。絶対の自信があった。自分の姿は指一本写していないし、日常の風景も撮影しない。花火などのイベントや旅行先についても、常に場所がばれないよう画像を加工したうえ、日をずらしてアップした。

　建物が写りこんでもいない、たった一枚の花火だけの画像で、住所を特定された。本来そのインスタすら、璃香のアカウントだとわかるはずもなかった。

　震える声で璃香はたずねた。「友達の家までバレたのは……」

「あなたを尾行したんでしょう」桐嶋はまた璃香から視線を外した。前方に向き直ると、桐嶋はささやくようにいった。「当然ながら、いまも監視されています」

　璃香は息を呑んだ。思わず辺りを見まわす。人影は目につかない。

　だが桐嶋は平然と告げてきた。「頭上を仰がないでください。羽音みたいなのはきこえますよね？　静音ドローンが右斜め後方、十五メートルほどの高さにいます」

ドローン。璃香はうろたえざるをえなかった。「わたしを撮ってるんですか」

「公園に入ってからずっと尾《つ》けまわしてます。電波が四キロ先まで届く機種です。探偵は近くにいません。おそらくどこか道端に停めたクルマのなかです」

「わたしとあなたが会ったことも……」

「先方は知るでしょう。それが抑止力になるんじゃないかと」

「抑止力？」

「こう見えても僕は、業界で顔が売れているほうですから。探偵の探偵、対探偵課の桐嶋がいるとわかれば、たいてい尻尾《しっぽ》を巻いて逃げだしますよ」

またあからさまに不遜《ふそん》な態度をしめしてくる。やさしそうに思わせたのも、じつは人につけこむための手段にすぎないのでは、そんなふうに感じられた。とりわけ女を魅了し、転がすことに長《た》けている気がする。ろくでなしのイケメン、ホスト気質にも通じるにおいがする。

裏社会というものが、どんな人々により構成されているか知らないが、桐嶋には漠然とそういう印象が漂う。スーツを着て堅実そうに見せているが、じつは遊び人っぽいアウトロー気取りのようだ。飄々《ひょうひょう》としながらも、ときおり野蛮で暴力的な部分をのぞかせる。関わってはいけないのかもしれない。

「あのう」璃香は腰を浮かせかけた。「きょうのところはこれで……」

桐嶋が座ったままいった。「チャラさを軽蔑《けいべつ》するのは勝手ですが、世間からすれば、あなたも僕も似たようなもんでしょう」

思わず凍りつく。璃香は前かがみになったものの、立ちあがることはできなかった。ため息とともに背もたれに身をあずける。璃香はつぶやいた。「ひどい言い方」

「ガールズバーの収入だけでも、女子大生のひとり暮らしにしてはかなりの金額ですが、いまのあなたは就活が意味をなさないぐらい稼いでる」

自然に視線が落ちる。足もとを舞う枯れ葉を眺めた。事実を意識せずにいたわけではない。けれどもひとまず思考から閉めだしていた。

嫌な記憶が蘇ってくる。大怪我を負った探偵と会ってほどなく、またマイバッハが璃香を迎えにきた。スキンヘッドに一重瞼《まぶた》、口髭《くちひげ》の肥満体が降り立った。クロの細めた目の奥には、蔑《さげす》むような感情がのぞいていた。

璃香はすくみあがるしかなかった。探偵の負傷は漆久保からの警告だった、そう気づかされたからだ。脅迫というべきかもしれない。漆久保を拒絶すれば、クロがどんな恐ろしい暴挙にでるか、火を見るよりあきらかだった。

やむをえずマイバッハに乗ると、都内の一流ホテルに連行された。最上階のプレジデンシャルスイートに漆久保はいた。クロが退室し、璃香は漆久保とふたりきりになった。

六十過ぎの巨漢、漆久保が本性を現したのは、その直後のことだった。璃香は裸にされ、なすすべもなく漆久保の意のままになった。

ひと晩が過ぎ、破れた服に目を落とし、璃香は肩を震わせ泣いた。漆久保は平然とスーツを纏《まと》ったのち、部屋に届いた箱を受けとった。箱の中身は、璃香の新しい服だった。高級ブランドのブラウスにスカート、ストッキングや靴もあった。おぞましいことに、すべて璃香にサイズがぴったりだった。

マリー＝アンジュのシフトは減った。都内のどこかのホテルで、漆久保の相手をするのが仕事になった。いつも多額の現金が手渡された。馬鹿は振りこみにして、経費として申告しようとするが、そんな尻尾をつかまれるような真似はせんよ。漆久保は下品な笑いを浮かべながらそういった。

そのうち都内のホテルではなく、郊外に連れだされるようになった。それも行き先を秘密にするためか、マイバッハで移動中、目隠しを強要されるのが常だった。どこか知らない家のなかで、璃香は好き放題にもてあそばれた。いちどだけ到着寸前、こっそり目隠しをずらし、車外を見たことがある。星空が綺麗な田舎だった。こと座を照らすようにサーチライトが走っていた。

高齢の脂ぎった、たるんだ荒れ放題の肌に舌を這《は》わせるのも、それ以上のサービスに勤《いそ》しむのも、いつしか璃香の日常と化した。ほかに選択肢がなかった。妹への仕送り額を増やせたのは、すなおにありがたい。思考はそこまでで停止させた。頭を煩わせたくない。女子大生ならありがちな話だ。ただ相手が大物で、報酬が途方もなく高いだけだ。貧困格差社会ではこんなこともありうる。それでいいのではないか。

心が鬱屈《うっくつ》するのは避けられない。璃香はつぶやきを漏らした。「もっと早くあなたが会ってくれてたら……」

「連絡をきいて、すぐに動きだしました。これ以上早く情報は集められません」

「あれから二か月も経ってるじゃないですか」

「あなたが雇った探偵が〝探偵の探偵〟を勧めた。その直後から、あなたは漆久保相手に愛人活動を始めるようになった。僕が阻止する暇などまったくありませんでした」

「それは……仕方がなかったことです」

「僕が初めてあなたを見たのは、もうすっかり愛人暮らしに染まってからです。澄ました顔のあなたがマイバッハから、高円寺のマンション前に降り立った。エルメスの限定物のハンドバッグが印象的でした」

頭に血が上るのを自覚しながら、璃香は桐嶋を睨《にら》みつけた。「仕方がなかったっていってるでしょう!」

「厄介ですね」

「……なにがですか」

「身体を売った女は、自分の価値が金に換算できたと信じる。ほどなくそれが、すべての金銭感覚の指標になる」

「そんなことありません」

「一万円札が少し前の千円札に思えてませんか。あなたみたいな若い女性を除き、世間の人々が一万円を稼ごうと思っても、丸一日汗を流して果たせるかどうか。その点あなたは気楽でしょう。でも恥さらしには変わらない」

璃香はいっそう怒りを募らせた。「あなたになにがわかるんですか」

「よほど贅沢《ぜいたく》な暮らしを望んでなければ、そこまでのことはやりません。人としての尊厳をかなぐり捨ててまで、金儲《かねもう》けに走るとは」

「わたしは贅沢なんか……。両親がいなくなって、妹のためにも働かなきゃならないんです。晶穂《あきほ》が大学に入れるようにしてあげたい」

「身内のためというのは、売春婦の自己正当化として、最も都合のいい言いわけです」

思わずかっとなった。桐嶋の訳知り顔に平手打ちを浴びせたくなる。しかし膝《ひざ》から手を浮かすことさえできない。わかってもらえなくて当然かもしれなかった。自分のおこないを振りかえるまでもなく、もう同情される立場にありはしない。

悔しさに涙が滲《にじ》みそうになる。璃香は嗚咽《おえつ》を堪《こら》えながらささやいた。「助けてはくれないんですね」

桐嶋は顔を背けたまま応じた。「あなたを監視する探偵を暴いたところで、現状はなにも変わりません」

心が果てしなく沈みこむ。桐嶋の言葉はもっともだった。それでも憤りの衝動を抑えきれない。ここでじっとしていると、そのうち泣きだしてしまいそうだ。

璃香は立ちあがった。せめて去りぎわに、桐嶋に頭をさげるのが礼儀だろうが、いまは向き直ることさえ困難だった。手で口もとを押さえ、璃香は小走りに駆けだした。

逃げているのは現実からか。かすかな羽音が依然、執拗《しつよう》に追ってくる。璃香は振りかえらず、ただひたすら走りつづけた。すべて自分のせいだった。抜けだせない。妹のためにもやめられない。けれどもそんな言いぐさは泣きごととみなされる。もう誰も頼れない、どうにもならない。

3

桐嶋颯太はベンチからゆっくり腰を浮かせた。両手をポケットに突っこんで立つと、遠ざかる璃香の背を見送った。

微妙な羽音も少しずつ小さくなっていく。桐嶋はほんの少し視線をあげた。木々の枝が差し交わす空の下、四つの回転翼を備えたドローンが水平飛行していく。璃香を追跡しながらも、どこか桐嶋を気にするかのように、速度をあげず移動しつづける。かなりの時間が過ぎた。ようやくドローンが姿を消した。羽音もきこえなくなった。

ドローンを追いかけるつもりはない。それで操縦者の探偵に行き着くなど、素人然とした希望的観測でしかない。地上を駆けずりまわりドローンの行方を追うのは至難の業だ。問題はほかにもある。どうせドローンの回収役は探偵自身ではない。別のスタッフを臨時雇いしている。へたに動けばすべてが無駄になる。

璃香を怒らせたあげく、なにもせず立ち尽くすだけ。これでいいと桐嶋は思った。

漆久保に雇われた探偵が、彼女を絶えず監視している。その探偵を炙《あぶ》りだすためには、開けた場所で璃香と会うしかなかった。彼女が怒りとともに走り去る姿を、ドローンのカメラを通じ、探偵に見せてやった。璃香が〝探偵の探偵〟と口論になり、なんの契約もせずに帰った、探偵はそう判断するだろう。

桐嶋はベンチの足もとに、なにかが落ちていることに気づいた。それを拾いあげる。アンティーク調の小さな鍵《かぎ》がついたペンダントだった。本物の鍵ではなく、あくまでアクセサリーにちがいない。まだ新しい。RIKA&AKIHOと彫ってある。晶穂とは妹の名だ。璃香の持ち物か。いま追いかけたのでは意味がなくなる。

鍵のついたペンダントは古くからの流行《はや》りだ。扉を閉ざすアイテムゆえ、魔除《まよ》けになるとの言い伝えもある。それが本当なら早めに返してやりたい。桐嶋はそれをポケットにおさめた。

璃香のスマ・リサーチ社対探偵課への依頼は、不成立に終わった。漆久保側の探偵がそのように信じればこそ、今後も璃香への監視を続行するだろう。桐嶋にとっては、探偵の尻尾《しっぽ》を握る好機となりうる。

依頼人を傷つけてしまったのが、若干心残りではある。しかしいまはほかに打つ手がない。監視役の探偵は、璃香が〝探偵の探偵〟に救いを求めたことに、とっくに気づいているだろう。彼女の部屋に盗聴器を仕掛けていれば、スマ・リサーチ社に電話したとわかる。パソコンにもキーロガーを仕込んだ可能性が高いが、それなら璃香が〝探偵の探偵〟というワードを検索した事実が判明する。璃香は大学の友達にも、それとなく相談するだろうし、探偵が学食で聞き耳を立てていれば、いろいろわかるかもしれない。

だから璃香が〝探偵の探偵〟を頼れずにいる、探偵にそう信じさせる必要があった。璃香に演技を強いても、おそらく見抜かれてしまう。彼女が本気で怒りと悲しみをあらわにし、桐嶋のもとから逃げだせば、さすがに探偵も疑いを捨てる。

踵《きびす》をかえし、桐嶋はベンチをあとにした。木立のなかをゆっくりと歩いていく。

三十三歳になった。かつて指定暴力団の獅靭会《しじんかい》に犬として雇われた。ライバル団体の内情を嗅《か》ぎまわるのが仕事だった。ヤクザには染まりきらない、反社組織お抱えの調査業者という立場に置かれた。先輩の須磨康臣《すまやすおみ》の後を継いだにすぎない。須磨が独立し、スマ・リサーチ社を興すと、桐嶋はそこに入った。

ふたりして獅靭会を辞めるのには、むろん難儀した。職務上知りすぎた秘密が多すぎるからだ。獅靭会の新たな犬が、絶えず監視に送りこまれたため、須磨と桐嶋は対抗手段をとらざるをえなかった。あからさまな抗争は、いちおうカタギの仕事である探偵業では御法度になる。そこで対抗手段を隠蔽《いんぺい》するため、対探偵課なる部署を立ちあげた。表向きは悪徳探偵を告発するための相談窓口。じつは獅靭会の奇襲に備えるための監視塔だった。スマ・リサーチで働く真っ当な探偵たちも、その事実を知らなかった。抗争を辞さないあたり、須磨も桐嶋も古巣で受けた悪影響を、当時はまだ払拭《ふっしょく》しきれずにいたのだろう。

やがて獅靭会は解散となり、抗争にもひと区切りついた。刑事事件に発展したため、スマ・リサーチ社も存続が危ぶまれたものの、不起訴を受け以前と同じ汐留《しおどめ》で復興できた。

調査業協会の監督官庁は警察庁であり、以前から対探偵課の非合法性が槍玉《やりだま》にあがっていたが、いまは多少の理解を得られるようになった。坂東志郎《ばんどうしろう》警部が捜査一課長に就任、対探偵課を半ば公然と認めている。悪徳探偵が同業者により摘発されるのは、警察にとって歓迎すべき状況、そう考え直したようだ。世のなかが悪くなる一方のため、司法関係者にも心境の変化が生じている。

桐嶋も経験を生かし、悪徳探偵の素性を暴くこと自体に、しだいに意義をみいだしてきた。ストーカーに情報提供するのは探偵業法違反だ。璃香を尾《つ》けまわす探偵の所業を見過ごすわけにいかない。

のみならず漆久保も許せなかった。対探偵課の職域を越えることになるが、悪徳探偵の依頼主に対しても、辛酸を嘗《な》めさせる必要がある。

すべてが終わったら璃香に詫《わ》びよう。信用は回復できなくてもいい。どうせ薄汚い仕事だ。彼女が妹に仕送りしているのは、事実だとわかっていた。不安が雲散霧消し、璃香が健全な女子大生としての生活に戻れれば、それでかまわない。報酬は彼女からとらない。大富豪の漆久保からきっちり徴収する。

さっきのベンチからあるていど距離を置いた。桐嶋は立ちどまった。目の前の幹を見上げる。前もって木に登り、スマホを枝に引っかけておいた。

桐嶋は地面から手ごろな小石を拾った。巨木の頂点付近に投げつける。小石はスマホに命中した。落下してきたスマホを片手で受けとった。

動画の撮影モードのままだった。あるていどの高さに置いてあったとはいえ、公園周辺まで撮影できたわけではない。探偵の居場所など映っているはずもない。だがこれで充分だった。

スマホをポケットにおさめ、桐嶋はふたたび歩きだした。舞い落ちる枯れ葉を踏みしめるたび、乾いた雑音が耳に届く。反社に片足を突っこみ、ろくでもない人生を送ってきた。表面上カタギになったいまも、できることをやるしかない。調査業のノウハウを駆使する。同じ手で人を悲しませるような手合いを追い詰める。〝探偵の探偵〟にしか生きがいをみいだせない。

4

四十二歳の窪蜂東生《くぼはちとうせい》が探偵業法に基づき、公安委員会に開業の届け出をしたのは、もう何年も前になる。法律に従えば、盗聴も盗撮も不法侵入もアウトだ。そんなことでいちいち行政処分を食らっていたのでは、まともに稼げない。だからバレないようにやる。探偵はみなそうしている。

最初からグレーゾーンで働かざるをえない探偵は、仕事をつづけるうち二種類に分かれる。警察の目を恐れ、違法行為も小さいものに留《とど》めるか。あるいは毒を食らわば皿までとばかりに、犯罪をエスカレートさせていくか。

窪蜂はまぎれもなく後者だった。事務所を開いていても、働き手は自分たったひとり。家庭も持たず独身貴族。こんなに気楽なことはない。契約時に調査内容や調査料金など、重要事項説明を怠るのは日常茶飯事だ。依頼人の弱みを握り、逆に脅して金品を巻きあげるのも、重要な副収入になる。

夕方になり、空模様が怪しくなってきた。高田馬場《たかだのばば》の雑居ビル四階、事務所に戻ったとき、ちょうど雨が降りだした。あいかわらずついている。窪蜂は雑然とした八畳一間に入った。

ドアを施錠したのち、事務机に近づく。椅子にふんぞりかえると、書類の谷間、わずかに空いた卓上に足を乗せた。

わきの棚に目を向ける。ドローンがあった。日雇いの助手が回収し、先に事務所に戻しておいてくれた。助手といってもドヤ街で拾った、その日暮らしの労働者でしかない。もう二度と会うこともないだろう。きょうはこの一機だけで片がついた。いつもこうだと助かる。

窪蜂はドローンに手を伸ばした。とたんに異変が起きた。ドローンのLEDランプが突然点灯した。四隅のローターがいっせいに回転し、唸《うな》りながら眼前に突進してきた。

「な」窪蜂はあわててのけぞり、手でドローンをはたいた。「なんだよ!」

ドローンは壁に衝突するや落下した。人の気配を感じ、窪蜂は振りかえった。

ぎょっとせざるをえない。ひとりの男が立っていた。ドローンのコントローラーを手にしている。あきらかに見覚えがあった。きょうの午後、まさしくドローンのカメラを通じ、モニターでその姿を目にした。業界でも知られた顔だった。スマ・リサーチ社の対探偵課、桐嶋颯太が室内にいた。

「てめえ！」窪蜂は跳ね起きるも同然に立ちあがった。「どこから入りやがった⁉ なんでここが……」

桐嶋は平然とした面持ちでコントローラーを操作した。ドローンがまた浮上し、窪蜂めがけ突進してきた。回転ノコギリのようなローターが鼻先に迫ってくる。窪蜂は必死に躱《かわ》した。

「やめろよ！」窪蜂は怒鳴りながら両手を振りまわした。「危ねえじゃねえか、この馬鹿！　やめろってんだ」

するとドローンは空中停止飛行《ホバーリング》に転じた。目の前に浮かぶ機体が、ゆっくりと水平方向に回転し、機体の一側面を窪蜂に向ける。〝JU〟で始まるアルファベットと数字の文字列が記載してあった。

なにがいいたいかは予想がついた。窪蜂は歯ぎしりした。「機体の登録番号なんて、おめえの目には見えなかったはずだろ」

桐嶋が淡々といった。「最近のスマホカメラは解像度が高い。木のてっぺん近くから撮った動画を拡大すれば、その表示もはっきり視認できた」

「木のてっぺんだ？　なら……」

「ああ。探偵が静音ドローンを使うことぐらいわかってた」

またも桐嶋がドローンを窪蜂に接近させてくる。窪蜂は焦躁《しょうそう》とともにドローンを殴りつけたが、わずかに離れた機体が、なおも執拗《しつよう》に向かってきた。しつこい蠅のようだ。

日比谷公園は実質的にドローンが禁止されている。ただし小型無人機等飛行禁止法に抵触するほどの、重要施設には含まれない。よって管理者許諾の範疇《はんちゅう》となる。飛行しているのを誰かが見かけても、ただちに通報されるわけではない。

とはいえ機体の側面に登録番号の記載がないとわかれば、たちまち警察が飛んできてしまう。クルマのナンバープレートと同じだ。二〇二二年六月二十日以降、重量百グラム以上の無人航空機には、国交省による認可が義務づけられた。登録申請により交付される文字列を、見える場所に記さねばならない。

登録はオンラインでも可能だが、顔写真いり身分証の提示は免れない。本当は氏名を偽りたかったが、車検証の発行時と同じく、避けられない手続きだった。でたらめな登録番号を機体に記載すれば、警察官が双眼鏡でドローンを目にとめるや、照会をかけ露呈する。

日比谷公園の周辺は警察官だらけだ。邪魔が入るのを防ぐためにも、正しい登録番号の入ったドローンを選ばざるをえなかった。探偵業の業務停止命令を食らうわけにはいかない。一定の高度を保てば、少なくとも監視対象からは見えない、そのはずだった。

なおも突進を繰りかえしてくるドローンに、窪蜂はむきになって抗《あらが》った。「てめえ、原簿を見やがったな！」

桐嶋は澄まし顔で操縦をつづけた。「登録原簿は簡単な手続きで閲覧請求できる。それでおまえの素性がわかった。窪蜂東生。悪徳探偵のくせに詰め甘すぎだろ」

「この野郎！」窪蜂は野球のバットをつかみあげると、力いっぱいスイングし、ドローンを弾《はじ》き飛ばした。その勢いのまま桐嶋に襲いかかる。

ところがヒョロ男に思えた桐嶋は、異常な敏捷《びんしょう》さを発揮した。身を翻し回避しつつ、コントローラーを窪蜂の顔に投げつけてきた。窪蜂はとっさに顔を背けながらも、力ずくでバットを振り下ろした。ところが手首をつかまれた直後、強烈な掌打が側頭部に浴びせられた。窪蜂がよろめいたとき、桐嶋が机の上にねじ伏せてきた。キーロックと呼ばれる関節技により、窪蜂は押さえこまれたまま、身じろぎひとつできなくなった。

　両手首は後ろにまわされた状態で、桐嶋が強烈に締めあげてくる。窪蜂は苦痛の叫び声を発した。「痛《いて》え！　痛えってんだよ、この野郎。いったいなにが望みだ⁉　金ならねえぞ」

　桐嶋の冷静な声が耳もとでささやいた。「そんなことは期待してない。ただ漆久保に虚偽の報告をしてもらおうかと」

「あ⁉　探偵の俺が、雇い主に嘘をつけってのか。できるわけねえだろ！」

　さらなる激痛が上半身に走った。まさに雷に打たれたかのようだった。窪蜂はみずから情けないと感じる絶叫を発し、ひたすら両足をばたつかせた。

「やるよ、やる」気づけば窪蜂は大声で宣言していた。「嘘でもなんでもつく！」

　仕事に関するプライドはない。楽をして儲《もう》けたい、そのため探偵になった。痛い目に遭うぐらいなら、依頼人なんか裏切ってしまえばいい。どうせ胡散《うさん》くさい商売だ。守秘義務も忠誠心もなにもない。

5

　茨城県ひたちなか市の外れ、森林の奥深くにグランピング施設がある。いわば高級キャンプ場だった。大きめのコテージが数棟連なるほか、敷地内にプールを有する。この時期には温水になっていて、水面が青くぼんやりと照らしだされていた。

ほかにおぼろな明かりが点在するものの、ほとんどを暗闇が覆っている。椰子《やし》の巨木ですら目を凝らさないと、そのシルエットをとらえられない。夜空にはプラネタリウムと見まがうほどの、無数の星々の光が瞬いている。

プールの水面で人影が上下する。裸の女が泳いでいるらしい、遠目にもそうわかる。きょう借りられているコテージはひとつだけだ。晩秋の平日だけに、ほかに客はいない。たったひとりの貸し切り状態。かすかな波飛沫《なみしぶき》の音以外、なにもきこえない。

施設の管理スタッフも、夜十一時には引き揚げたようだ。人の目は皆無だった。女が水着も身につけず、全裸で泳いでもかまわない、そんな環境が形成されている。

リゾート地の一角だが、警備はあってなきがごとしといえた。敷地を囲む柵《さく》は、景観を壊さないよう、ごく低く設置されている。クルマの出入りできるゲートは、夜通し開放されたままだ。不用心というより、人里離れたこんな場所に、ふだんは誰も寄りつかないからだろう。

それでも遠くからエンジン音がきこえてきた。徐行しながら接近してくる。コテージの向こう、草地の斜面を下ると駐車場がある。その辺りにヘッドライトの光が走った。大型セダンだとわかる。エンジン音が途絶えるや、ただちに消灯した。

ドアの開閉音につづき、何者かの足音が斜面を上ってくる。ぜいぜいと息切れしていた。やがて肥え太った大柄な人影が、コテージのわきに現れた。

暗くて顔は見てとれない。それでも輪郭だけで漆久保宗治とわかる。漆久保は足をとめた。なおもせわしなく呼吸しつつ、じっとプールを見下ろしている。

探偵の窪蜂から報告を受けたはずだ。璃香は友達の家すら安全でないと感じ、より遠くに逃げた。今夜はひたちなか市のグランピング施設に泊まる。

やはり漆久保が駆けつけた。それもずいぶん無我夢中のようすだった。よほど璃香に御執心らしい。ネクタイを緩めているのがわかる。これからどうするつもりだろう。まず璃香に声をかけるのか。ケータリングでも運ばせてきて、深夜のディナーとしゃれこむ気か。

なんと漆久保はひとことも発さず、せわしなくスーツを脱ぎだした。誰の目もない以上かまわないと思ったようだ。プールのなかの璃香は気づく素振りをしめさない。呑気《のんき》に水と戯れつづけている。そのあいだに漆久保は素っ裸になった。ぶよぶよした脂肪だらけの裸体を揺すり、プールに近づいていく。

いきなり漆久保の肥満体が宙に舞い、水のなかに飛びこんだ。激しい音とともに水柱があがった。その音に璃香が驚くにちがいない、そう思ったのだろう。漆久保は笑いながらプールのなかを歩き、人影に近づいていった。「璃香！　びっくりしたか。逃がさんぞ。こんなとこでひとり遊びしおって」

濡《ぬ》れた漆久保の白髪は、頭皮にぴったり貼りついている。輝く水面に照らしだされ、ほとんど丸坊主に見えた。セイウチかトドのような巨体が、騒々しく水飛沫を撒《ま》き散らし、プールを横切ってくる。さも愉快そうな笑い声をあげていた。璃香が怯《おび》えてすくみあがり、声もだせずにいるのを、心から楽しんでいるようだ。

「璃香」漆久保はプールの真んなかに達し、人影に抱きついた。「つかまえたぞ！　こいつめ。……あ？」

漆久保は絶句する反応をしめした。触感が女の柔肌とは異なる、そのことに気づいたらしい。

プールサイドで一部始終を眺めていた桐嶋は、笑いを堪《こら》えるのに必死だった。あきれた気分で手もとのスイッチをオンにする。

ずらりと並んだ照明スタンドが、いっせいに煌々《こうこう》と光を放つ。視界はいったん真っ白に染まり、徐々に目がその明度に慣れていった。

透明な水のなかに立つ、醜い肥満体の全裸姿が、このうえなく明瞭《めいりょう》に照らしだされている。漆久保は眩《まぶ》しさに顔をそむけた。視線が近くで浮き沈みする人影に向いた。等身大の女の人形だった。ソフトビニール製のダッチワイフ、いわゆるラブドール。水面を上下するのは、プールの排水口に紐《ひも》で結わえてあるからだ。

ラブドールを裸にしておけば餌になる、そこまではあきらかだった。だが漆久保は予想したなかでも、最大限の暴走ぶりを発揮した。

コテージを借りたのはむろん桐嶋だ。璃香にはなにも知らせていない。プールサイドには照明スタンドのほか、三脚に据えたビデオカメラもある。レンズは水面に向けてあった。いまはまっすぐ漆久保をとらえている。

カメラからSDカードを回収する必要はなかった。リアルタイム画像がインターネットを経由し、スマ・リサーチ社にあるパソコンに送信されている。HDDに記録された動画データは、その気になればいつでもユーチューブにアップできる。

桐嶋は漆久保を見下ろした。「社長。奥さんの名前、節子《せつこ》さんだよな？　璃香って叫んだ声、しっかりマイクが拾ったよ」

漆久保のずぶ濡れの顔が、ただ茫然《ぼうぜん》と見かえしてくる。体毛が濃かった。胸毛がイソギンチャクのように水に揺らぐ。全裸ではプールからあがることもできない。漆久保が体裁悪そうに首まで水に浸《つ》かった。両手で前を押さえている。

思わず苦笑が漏れる。桐嶋はいった。「あいにく水のなかまで丸見えなんでね。動画を公開する際にはモザイクが必要だな」

凍りついた表情で漆久保がきいた。「なにが望みだ」

「モザイクの処理代。いやそれ以前に、動画を非公開にするための代償。曽篠璃香さんの前に二度と現れないっていう誓約もほしい」

「おまえは誰だ」

「スーツを着た男。あんたは全裸。このちがいがわかるかよ」

「こんなことをして後悔するぞ」

「あんたこそいま後悔しきりじゃないのか。火遊びにはリスクがともなう。土壺《どつぼ》に嵌《はま》った瞬間だ。滑稽《こっけい》だろ？」

漆久保の丸々と太った顔面が、みるみるうちに紅潮しだした。「脅迫は犯罪だぞ」

「その言葉、そっくりそのままあんたにかえしてやる。璃香さんがどれだけ苦しんだか、知らないわけじゃないだろ」

「ただで済むと思うな」

「いまあんたがいったばかりだろ？　脅迫は犯罪。経営者ならさっさと商談に入れよ。スギナミベアリング代表取締役、漆久保宗治社長」

苦虫を嚙《か》み潰《つぶ》したような面持ちになり、漆久保が唸《うな》りに似た声できいた。「いくらだ」

桐嶋はスマ・リサーチ社の口座番号を書いたメモをとりだし、サイドテーブルに投げだした。「一本ここに振りこんでくれりゃいい。名目は調査費、猶予は三日。そのあいだにオイタしたら、契約はご破算になる」

「無知蒙昧《もうまい》な小僧。この恨みは忘れんぞ」

「忘れたほうが身のためだって。照明やカメラは置いてく。どうせあんたがくれる報酬にくらべれば、こんな出費なんかはした金だしな。コテージも朝まで借りてる。よければそのラブドールと好きに白熱してくれ。誰も邪魔しやしない」

LANケーブルから外したノートパソコンを小脇に抱える。桐嶋はプールサイドを迂回《うかい》し、コテージのほうに向かった。歩きながら横目に漆久保を見下ろす。全裸の漆久保は、茹《ゆ》で蛸《だこ》のように全身を真っ赤に染めていた。しばらく浸けておけばプールが沸騰しそうだ。

かといって憤激をあらわにしているかといえば、少し様相がちがう。敵意の籠《こ》もった目で睨《にら》みつけてくるのはたしかだが、面の肉が厚いせいか、怒りの表情は判然としない。悔しがっているのはまちがいない。うっすら浮かべた涙が、眩しい照明に反射しているからだ。

桐嶋はプールをあとにし、草の生い茂る斜面を下っていった。駐車場に降り立った。砂利を敷いた土地に、クルマが二台だけ停まっている。一台はマイバッハ。そこからかなり離れた場所に、桐嶋の乗ってきたSUV、トヨタハリアーがある。

さっさとハリアーに近づき、運転席のドアに手をかけた。スマートキーにより自動的に解錠する。ハザードランプが点滅したからだろう、マイバッハのドライバーが気づいたらしい。大型セダンのドアが開いた。ずんぐり太ったクロが、あわてぎみに車外に飛びだした。

こちらに駆け寄ろうとしたところで、もう間に合わない。桐嶋は悠然と運転席に乗りこんだ。クロも気の毒に。グランピング施設内でなにがあろうが、けっして邪魔するな、漆久保がそう厳命したにちがいない。プールサイドに光が灯《とも》るのは、クロも見てとっただろう。それでもマイバッハを離れられなかった。

桐嶋はエンジンを始動させた。ハリアーは滑るように走りだした。加速しながらバックミラーを一瞥《いちべつ》する。クロはマイバッハのわきに立ったまま見送っていた。

ステアリングを切りながら桐嶋は鼻を鳴らした。無知蒙昧な小僧と漆久保はいった。成金こそなにも知らない。今宵《こよい》は勉強になっただろう。闇のなかには悪夢がまちかまえていると。

6

三日が過ぎた。漆久保からの支払いは、銀行振り込みではなく小切手だった。スギナミベアリング株式会社の名義で、普通郵便で届いたらしい。額面は一億。〝一本〟という桐嶋の言葉を、漆久保がどう解釈するか見ものだったが、さすがにとぼけたりはしなかった。

汐留のスマ・リサーチ社から、小切手が到着したと電話があった直後、桐嶋はハリアーを運転し高円寺に向かった。

あの晩以降、漆久保が真面目に本社内で働いていることは、すでに調査済みだった。一日たりとも夜遊びにでかけた気配はない。もちろん璃香にも関わっていなかった。一億円が支払われた時点でゲームセット、そう信じてかまわないだろう。

上空は厚い雲に覆われている。日没寸前のような暗さだった。けれども時刻はまだ午後三時をまわったばかりだ。甲州《こうしゅう》街道は混雑しつつある。アクセルを浅く踏みながら、桐嶋はぼんやりと謝罪の言葉を思案した。

璃香と対面したのち、どう切りだせばいいのだろう。事実だけを淡々と伝えるべきか。いや、まずは謝るのが先か。この短期間で彼女の心の傷が癒《い》えたかどうか、桐嶋に知るすべはなかった。嫌われてもいい、ただ安心してほしい。すべてが終わったと納得できれば、新たな一歩が踏みだせるだろう。

高円寺駅入口の交差点から、右に左にと折れていく。古びた住宅街の路地深くに分けいる。璃香のマンションが近づいてきた。彼女が友達の家ではなく、自室に戻っていることも、情報としてつかんでいた。

ブレーキを踏んだ。ようすがおかしい。路地の行く手に人だかりがしている。野次馬が大勢押しかけていた。その隙間に黄いろいテープがのぞく。制服警官が通行人の整理に追われている。

にわかに緊張が走った。桐嶋はエンジンを切った。狭い路地ゆえ、道端に寄せたところで、どうせ車両の通行を妨げざるをえない。ドアを開け、急ぎ車外に降り立った。桐嶋は人垣に駆けていった。

規制線はマンションのエントランスを囲んでいた。横付けした救急車の後部ハッチが撥《は》ね上がっている。

思わず鳥肌が立った。脈拍が亢進《こうしん》していく。目を疑うような光景だった。ただ嫌な予感しかしない。

　エントランスからストレッチャーが運びだされてきた。駆け寄るのは学生とおぼしき女性ふたりだった。いずれも声をあげ泣きじゃくっていた。璃香。それぞれがその名を口にした。ストレッチャーに横たわる人体は、頭頂まですっぽりとシーツに覆われている。

　制服警官らがブルーシートで囲いを作る。ストレッチャーはその囲いのなかに消えた。救急車の後部へと横移動していく。

　この状況を傍観できるはずがない。いつもポケットのなかに忍ばせている、白い手袋をとりだし、すばやく両手に嵌《は》めた。桐嶋は黄いろいテープをくぐった。

　スーツが駆け寄ってきた。ひと目で私服の刑事とわかる。険しいまなざしを向けながら刑事がいった。「失礼ですが」

　桐嶋は悪びれもせずにきいた。「杉並署の強行班係は？」

「私です」

「捜査一課の藪吉《やぶよし》です。課長の坂東から、近くにいるなら行けと指示があって」

　刑事が桐嶋の手もとを見た。捜査員御用達の白手袋、東レ製のナイロン生地。桐嶋が嵌めているのは、まさしくその手袋だった。警視庁捜査一課には桐嶋に年齢の近い、藪吉という刑事がいる。杉並署員と面識がある確率などごく低い。

「どうぞ」刑事は身分証をたしかめようとはしなかった。「女子大生のひとり暮らしのようです。友達ふたりが訪ねた際、返事がなかったのを不審に思い、管理人に鍵《かぎ》を開けてもらったそうですが……」

ブルーシートの切れ目から囲いのなかに入った。ストレッチャーに女子大生ふたりがすがりついている。桐嶋が近づくと、いったんストレッチャーが静止した。

そっとシーツに手を伸ばす。桐嶋は被害者の顔を露出させた。

衝撃にめまいをおぼえる。女子大生らがひときわ甲高い声で泣きだした。目を閉じた璃香の顔は蒼白《そうはく》になっていた。死斑《しはん》が浮かびあがっている。一瞬自殺を疑ったが、すぐにそうではないとわかった。髪におびただしい量の出血がこびりつき、頭蓋骨《ずがいこつ》に陥没がみられる。飛び降りで地面に打ちつけたのとはちがう。硬い物で殴打されたにちがいない。

さまざまな感情が織り交ざり、一気に胸中をこみあげてくる。桐嶋はとっさに抑制をきかせた。いまここで取り乱すわけにはいかない。

桐嶋は刑事を振りかえった。「ご苦労様です。本庁に報告をいれておきますので」

刑事が会釈するわきを、桐嶋はブルーシートを割り、ふたたび囲いの外にでた。黄いろいテープをくぐり、ただちに人混みに紛れこんだ。

足ばやにハリアーへと戻る。心のなかを掻《か》き毟《むし》られるようだ。璃香が自宅マンションに帰ったのは判断ミスだったのか。いや彼女を尾行すれば、友達の家など容易に突きとめられる。桐嶋が知りうることは、同業の窪蜂も知っただろう。どこにいようが璃香は安全ではなかった。彼女を危険に晒《さら》したのは、ほかならぬ桐嶋だった。

ポケットのなかに振動を感じた。桐嶋は手袋を外すと、ただちにスマホを取りだした。画面にスマ・リサーチ社とある。桐嶋は応答した。「はい」

「桐嶋さん」社員のひとり、伊根涼子《いねりょうこ》の声が当惑ぎみに告げてきた。「きょう届いた、スギナミベアリングからの小切手ですけど」

「それがなにか?」

「現金化できません。持参人払式小切手ですが、支払銀行の支店名が架空です」

思わず唇を噛《か》んだ。無効の小切手か。スギナミベアリングと書いてあっても、漆久保による発行とは証明できないし、詐欺罪にも問えない。

だが支払いの意思がなかったのなら、なぜそのように見せかけたのだろう。

すべてが終わったと安堵《あんど》させたかったのか。ゲームセットを確信した桐嶋が、事後報告のために璃香のもとを訪ねる。その先で絶望を味わわせたかったのか。

野次馬の混雑を抜けたとき、桐嶋は思わず立ちすくんだ。

ハリアーのわきに肥満体のスーツが立っている。スキンヘッドに一重瞼《まぶた》、口髭《くちひげ》のクロが、運転席をのぞきこんでいた。

クロがこちらに向き直った。表情を険しくし、桐嶋をじっと見つめる。ふいにクロは身を翻し、路地を逃走しだした。行く手の角を折れ、たちまち姿を消した。

涼子の声がスマホからきこえた。「桐嶋さん？」

「かけ直す」桐嶋は通話を切るや、猛然と駆けだした。

現場周辺を除き、住宅街の路地は閑散としている。それも迷路のように入り組んでいた。区画整理はされていない。丁字路や三叉路《さんさろ》が頻繁にある。陽が射していないせいで方角も曖昧《あいまい》になってくる。クロの後ろ姿をふたたびとらえた。肥満体にもかかわらず足が速い。またも引き離されそうになる。桐嶋のほうも全力疾走を余儀なくされた。

錆《さ》びたトタン塀の角を、クロが曲がった。桐嶋はかなり追いあげていた。あと少しで追いつく。がむしゃらに突進し角を折れた。

ふいに腹部に激痛が走った。待ち伏せていた何者かに膝蹴《ひざげ》りを食らった、状況を理解したときにはもう遅かった。よろめく桐嶋に作業着姿の男たちが襲いかかってきた。

それでもひとりめのタックルに対し、桐嶋はステップバックで躱《かわ》し、ネックロックで首を抱えこんだ。腕でしっかりホールドしつつ、腰投げで路面に叩き伏せた。すぐふたりめに向き直る。サイドステップで敵の横にまわり、髪をつかんで引き倒した。だが後頭部を殴りつけられた。耳鳴りとともに聴覚が鈍化する。桐嶋は前のめりに倒れた。ただちに作業着らが取り囲んだ。殴《なぐ》る蹴るの暴行が始まった。

クロは狭い路地の先にいた。こちらを見下ろし、さも満足そうな微笑を浮かべる。作業着はみな痩《や》せているが、相応に鍛えられた肉体の持ち主ばかりだった。蹴りは常に重く響き、肋骨《ろっこつ》が砕かれそうになる。こぶしが浴びせられるたび内臓まで抉《えぐ》ってきた。桐嶋は激しく嘔吐《おうと》した。

咳《せ》きこむ桐嶋を、作業着らが力ずくで引き立てた。クロは口もとを歪《ゆが》め、ゆっくりと歩み寄ってきた。この肥え太った男に感じる異様さは、剃《そ》った眉毛《まゆげ》のせいでもあった。口髭以外には髪も含め、一本の毛も生えていない。

いきなりクロのこぶしが飛んできた。接近とともに風圧を感じるほどだった。打撃を受けた瞬間、暗闇に火花が散って見えた。桐嶋の身体は宙に浮いた。璃香の命を奪ったのは鈍器ではなく、クロの素手かもしれない。

つづけざまにクロが手刀を見舞ってきた。木刀のように深く身体にめりこんだ。桐嶋がむせながらひざまずくと、クロの靴底が眼前に迫った。靴のサイズが三十センチを超えると思える、巨大な足による蹴りだった。真正面からの衝撃をまともに食らい、桐嶋は後方に吹き飛んだ。

背中がなにかに叩《たた》きつけられた。ゴミ捨て場のポリ容器が目の前に舞った。ゴミ袋が次々と顔にぶつかってくる。生ゴミの悪臭が鼻をついた。桐嶋は仰向《あおむ》けに倒れるしかなかった。痺《しび》れるような痛みに包まれながら、大の字に横たわった。脳までが麻痺《まひ》しつつある。すなわち意識が遠のきかけている。

作業着の群れが見下ろす。クロが満面に笑いをたたえていた。小雨が降りだしている。にもかかわらず顔面に冷たさを感じない。神経が死にかかっているのだとすれば、これほど無様な殺されようはなかった。

朦朧《もうろう》とする意識のなか、クロの甲高い笑い声をきいた。九官鳥のように耳障りな声の響きだった。だが表情はよくわからない。焦点が合わなくなってきた。そう思った直後、桐嶋の視界はブラックアウトした。

7

桐嶋が汐留のスマ・リサーチ社に戻ったのは、すっかり日が暮れてからだった。ハリアーが路駐でレッカー移動されていた。杉並署での手続き中、強行班係の刑事と顔を合わせずに済んだのは、不幸中の幸いだろう。殺人事件現場から少し離れた廃工場わきの路地で、ゴミに埋もれて倒れていた姿も、誰にも見られずに済んだようだ。ずぶ濡《ぬ》れの桐嶋が意識を取り戻したとき、周りには人影ひとつなかった。

ふらつきながらその場をあとにし、ハリアーを引き取ったのち、汐留まで走った。バックミラーには痣《あざ》だらけの自分の顔が映っていた。鼻血をとめるため、鼻の穴に突っこんだちり紙も冴《さ》えない。敗残兵の帰還以外のなにものでもなかった。

クロたちは失神した桐嶋をボディチェックせずに放置した。財布もそのまま残っていた。運転免許証が失われていれば、ハリアーの回収にすら難儀するところだった。小遣い稼ぎに興味を持たない、すなわち高額の報酬を受けとっているにちがいない。漆久保への異常なまでの忠誠心。そこいらの反社には真似できないほどの、確固たる組織力が構築されている。

それなりに瀟洒《しょうしゃ》なビルの、エントランスから延びる上り階段の先、通路を折れた突き当たりにスマ・リサーチ社の入口がある。桐嶋はガラス戸を押し開け、なかに入った。

オフィスには明かりが灯《とも》っている。まだ複数の社員が残業に追われていた。事務机のそこかしこで、同僚たちが驚きの目を向けてくる。

三十代前半、桐嶋とほぼ年が変わらない伊根涼子が、あわてたように立ちあがった。「どうしたんですか!?　その顔」

「DVを受けちゃって」桐嶋は冗談めかすと、涼子のわきを通り過ぎた。

涼子が見送りながらつぶやいた。「ひとり暮らしでしょ？」

オフィスの隅、対探偵課のプレートが下がった一角に近づく。二十四歳の峰森琴葉《みねもりことは》が、パソコンの操作に従事していた。丸顔のつぶらな瞳《ひとみ》が、ちらと桐嶋を見上げる。反応はほかの職員と同じだった。目をいっそう丸くし、琴葉が立ちあがった。

「おかえりなさい」琴葉は啞然《あぜん》としていった。「いまどき暴力行為に及ぶ探偵がいたんですか？」

「ああ」桐嶋は自分の机に戻った。「最近の探偵はみんなおとなしくなって、対探偵課も安泰だったのにな。紗崎《ささき》は？」

「玲奈《れな》さんなら神戸《こうべ》に出張中ですよ」

「そうだった。いい軟膏《なんこう》を知ってるかどうかききたかった。むかしよくボコボコにされてたけど、治りも早かったから」

机のわきの棚に、親指サイズの見慣れない直方体がある。外殻はプラスチック製らしい。持ちあげてみると軽かった。

琴葉が微笑した。「新しいGPS発信器ですよ。大音量のブザー付きです。きょうメーカーの人がセールスに来てて」

「へえ。小さくなったもんだな。こういうのがネット通販でも買えるようになって、探偵も飯の食い上げだよ」

「まだプロにしかやれないことも多いと思いますけど」

ほとんどは違法行為だ。表向き合法の調査活動のみだとシラを切る。あくまでしらばっくれて、最後までバレずに済ませる努力も、仕事のうちに含まれる。

桐嶋は机の引き出しを開け、五センチ四方ほどのアルミ製の板状、ベルトのバックル型ICレコーダーをとりだした。ふつうのベルトのバックルに、重ねて貼り付けて使う。ため息とともに桐嶋はきいた。「これと同じメーカー?」

「そうです。まだピカピカですね。使ってないんですか?」

違和感はないものの、デザインがダサくて身につける気が起きない。桐嶋はぼやいた。「おしゃれに気を遣う探偵もいるってのを、メーカーにも知ってほしいよ」

「人目を引くのは探偵にとってデメリット……」

「そんなことといって、きみのファッションもだいぶ垢《あか》抜《ぬ》けてきてるじゃないか。紗崎なんかかなりの美人だろ？　本職の探偵がみんな土井《どい》課長みたいってわけじゃ……」

四十代後半のスーツがドアからでてきた。上司の土井修三《しゅうぞう》が声をかけてくる。「桐嶋、戻ってたのか。所長が呼んでるぞ。……っていうか、どうしたんだ。クルマにでも轢《ひ》かれたか？」

最も観察眼に欠けるのは土井のようだ。苦笑しながら桐嶋は腰を浮かせた。「お目玉を食らってきます」

所長室のドアをノックした。入れ、落ち着いた声がそう告げた。桐嶋はドアを開け、おずおずと入室した。

いくらかの調度品に彩られた室内、大半を占めるエグゼクティブデスクの向こう、須磨康臣が腰かけていた。年齢は土井より上のはずだが、このところ見た目が若くなっている。眉間《みけん》には深い縦皺《たてじわ》が刻まれていた。怒りを堪《こら》えているのはあきらかだった。

桐嶋は机の前に立ち、恐縮しながら頭をさげた。「どうもすみません……」

「古巣の獅子会にいたころなら、幹部からも袋叩《ふくろだた》きにされてただろう。それぐらいの不始末だ」

「兄貴が助けてくれるかと」

須磨が顔をしかめた。「私を兄貴だなんて呼ぶな。カタギになって久しいってのに」

「ええ。失礼しました」桐嶋は思いのままを口にした。「しばらくぶりに問答無用の抗争まがいを演じたので、気分が昔に戻ってます」

あらましは電話で伝えてあった。須磨は椅子の背に身をあずけた。「抗争まがいというが、おまえが吹っかけたことだろう。悪徳探偵の素性を暴くのはいい。ただし正式に依頼を受けたうえでの話だ」

ほかの社員がいる前なら、須磨は桐嶋をきみと呼ぶ。おまえとはまさに古巣のころを彷彿《ほうふつ》させる。須磨も半ば昔の荒っぽさに回帰していた。そうならざるをえない状況のせいかもしれない。

桐嶋は弁明した。「曽篠璃香から報酬を受けとるのは忍びなくて……」

「それで探偵の雇い主、漆久保宗治から金をむしり取ろうとしたのか。警察沙汰《ざた》はよせ。また手錠を嵌《は》められ、廃業の危機に陥るのはご免だ。違法行為はバレない範囲に留《とど》めろ」

　探偵業の鉄則のひとつだった。尾行や監視ですら、法律上はグレーゾーンにあたる。ターゲットの所持品にGPS発信器を仕込むことも、家や職場への侵入も、窃盗も盗撮も許されはしない。だからといって探偵業法に定められたとおり、行儀よく調査活動をおこなって、成果が挙がるはずもない。

　だからどの探偵業者も違法行為に及ぶ。発覚しなければ問題ではない、それがプロの認識だった。対探偵課はその極みといえる。やっていることは反社の抗争そのものだが、内情を表沙汰にしてはならない。警察に睨《にら》まれるのは禁則だ。

　須磨が苛立《いらだ》ちをのぞかせた。「漆久保にまで手をだしたのはやりすぎだ」

「あの男は色情魔です。探偵を雇い、曽篠璃香をストーキングし、性奴隷も同然に屈服させました。いまや殺人の主犯でもあります」

「杉並署員の前で、捜査一課の刑事を名乗ったな？　坂東課長から抗議があった。今度やったら逮捕だと」

　ふと軽い動揺にとらわれる。桐嶋はきいた。「警察は漆久保にも疑いを……？」

「いや。おまえの迷惑行為に神経を尖《とが》らせただけだ。坂東課長がなんといったか知りたいか？　またか、彼はそういった。スマ・リサーチの対探偵課は、抗争の時代に逆戻りかと」

「……殺人現場に僕が現れただけで、坂東課長がそんなにお怒りですか」

「別の場所で探偵が死んだ」須磨が冷やかな面持ちになった。「窪蜂東生。陸橋から線路に飛び降り、直後に電車に轢かれた」

沈黙が生じた。桐嶋は寒気をおぼえた。ふいに体感温度が下がったように思える。

桐嶋は喉《のど》に絡む声でささやいた。「電車に轢かれたからには……」

「ああ。死体の損傷が激しく、それ以前に暴行を受けたかどうか、たぶん検視でもあきらかにならない。ただの自殺として処理されるだろう」

「捜査一課は僕を疑ってるんでしょうか」

「坂東課長によれば、おまえが窪蜂の事務所を訪ねた事実は、もうつかんでいるそうだ。ただ彼個人としては、スマ・リサーチを信じたいといってる」

「へえ。案外話がわかる人だったんですね」

「そんなわけがないだろ」

須磨がどれだけ釈明に追われたか想像がつく。坂東と密会し、桐嶋を徹底して弁護してくれたのだろう。

桐嶋はまた頭をさげるしかなかった。「ご迷惑をおかけしました」

「そう思うのなら、この件には自分でケリをつけろ」

「……ケリですか」

「現状、漆久保は叩いても埃《ほこり》がでる身ではない。クリーンな企業経営者で、やましいところはないとみなされてる。それではおまえの気持ちがおさまらないだろう」

胸の奥底で粟立つものがあった。須磨は桐嶋を信用してくれている。漆久保が犯罪者だとするなら、事実を暴くべきだと示唆してきた。むろん曽篠璃香の仇討《かたきう》ちになる。復讐《ふくしゅう》を遂げられる。

ひそかに昂揚《こうよう》する気分とともに、桐嶋は静かにきいた。「クリーンな企業経営者なんですか。漆久保が」

「警察の見解ではそうなる。というのは少し前、警視庁の組織犯罪対策部から、別件で刑事の訪問があってな。彼らは調査業者をまわっていた。ある事件について未然のうちに防ごうと、情報収集に努めていたようだ。刑事たちは私にいったよ、なにか不審なことを知っていれば教えてくれと」

「未然の事件というのは？」

「近々銃器の大量密輸がありそうだと予測されている。グアムの一法人がアメリカ本国に、五万丁もの銃器を発注したそうだ。コルトにスミス・アンド・ウェッソン、べレッタ、グロックなど。どこかの反社組織による密輸の前段階、警察はそうみている」

「そこまで大規模の密輸となると、大手の暴力団にも難しいでしょう。仕切れるのは沖縄の権晟会《ごんじょうかい》ぐらい……」

「権晟会は解散した。警察もどこが糸を引いているか、気になって仕方がないらしい。反社でないのなら民間企業かもしれない。だがこの事件に関しスギナミベアリングは、絶対的にシロとみなされている。逆にアドバイザーとして、警察の捜査に協力する立場にある」

そうなるのも無理はない。スギナミベアリングは警察や自衛隊向けに、拳銃《けんじゅう》や機関銃を製造しているからだ。

住友重機械工業は以前から自衛隊用の機関銃を開発していた。エアコンで有名なダイキンも砲弾や銃弾を作っている。国内に銃器関連の製造業者は少なくない。

スギナミベアリングもそのひとつだった。軸受や回転機器、ピボットアッセンブリー、レゾルバ、計測機器、スピーカー、液晶パネル用バックライトやインバーターを手がける一方、農林水産分野の研究施設を千葉の館山《たてやま》に持つ。と同時に長年にわたり、警察用拳銃と狩猟用散弾銃を生産してきた。特に拳銃については、スギナミベアリングのみに国内生産を許諾するという、司法とのあいだの覚え書きも存在する。五万丁の海外製拳銃を密輸する黒幕企業、そんなものがあるとしても、スギナミベアリングは真っ先に可能性から除外される。発覚すれば会社ごと取り潰《つぶ》しになってしまう。ごく単純に考えても、日本国内の拳銃市場を独占できているのに、非合法のライバル商品が増えてほしくはないだろう。

拳銃の不法所持が広まれば、警察の武装も強化され、拳銃の受注が増え、スギナミベアリングが儲《もう》かる……と考えるのは素人だ。警察官全体のうち、三パーセントていどは素行不良などが理由で、拳銃が支給されていない。逆にいえばほかの警察官はみな、ひとり一丁ずつ拳銃を所持している。全員に持たそうとしたところで、三パーセントの不所持の者たちに行き渡るだけでしかない。すでに警察組織における拳銃の需要は飽和状態だった。いま以上の供給は望めない。

仮にスギナミベアリングが、拳銃を闇社会に横流ししていたとしても、五万丁の密輸により商品単価が下がってしまう。おいしいところはひとつもない。

よって合法的に拳銃の製造を独占しているスギナミベアリングが、五万丁もの拳銃密輸に手を染める理由はない。論理的に潔白と考えられる。警察との付き合いも長いがゆえ、拳銃密輸事件の捜査にあたり、アドバイザーとして選ばれたのだろう。

きな臭いと桐嶋は思った。警察用拳銃の製造を一手に引き受ける企業。国民が詳細を知りえないがゆえ、官民癒着の温床にもなりうる。警察が信頼を寄せているからといって、その警察側の担当者さえも、清廉潔白かどうか疑わしい。

須磨が硬い顔でいった。「探偵に女子大生を追わせ、性の捌《は》け口にしたうえ、無慈悲に抹殺した。そんな輩《やから》が優良企業のトップとは思えない。野放しにしておけば、また新たな探偵を雇い、ほかの女を標的にしかねない。探偵業界の信用に関わる問題だ」

泥沼のなかに光明を投じられる気がした。桐嶋は須磨を見つめた。「じゃあ……」

「ああ。漆久保宗治の真の姿を暴くことを、特別に許可する」

「ありがとうございます」桐嶋は心からいった。

「依頼人なしに動く以上、探偵業法に反する」須磨は深くため息をついた。「私もおまえも違法行為に手を染める。なにがなんでもスギナミベアリングの不正を見つけださせ。でなきゃ私たちふたりとも、今度こそ刑務所行きを免れない」

「わかりました。それで、あのう……。漆久保にはどうやってアプローチすればいいでしょうか」

須磨が顔をしかめた。「そこを考えるのが探偵じゃないのか」

「そうですね。失礼しました」桐嶋は深々とおじぎをした。

冷や汗をかきながら退室する。漆久保宗治という大物に再接近するとなると容易ではない。向こうも桐嶋を徹底的に警戒しているだろう。所長の須磨なら、なんらかの人脈があるのではと期待したが、さすがに甘えすぎていたようだ。

所長室をでた。対探偵課のオフィスに戻ると、琴葉がＵＳＢメモリーを差しだしてきた。「桐嶋さん。はい、これ」

妙に思いながら桐嶋はそれを受けとった。「なんだ？」

「二時間前、スギナミベアリングの総務部からハッキングしたデータです。今度の日曜、天候がよければ、社長が千葉県市原《いちはら》市のクレー射撃場にでかけるって」

「本当に？　でもなんできみが……」

「夕方ごろ須磨所長からみんなに通達があったんです。漆久保宗治の情報を得られる者は動けって」

「総務部のコンピューターに侵入できたのか？」

「ご存じのとおりハッキングの肝は、オンライン上の操作じゃなく、先方に潜入して接続可能にしておく裏工作なので……。涼子さんが以前の調査で作業済みでした。データを盗み見できたのは涼子さんのおかげです」

桐嶋は探偵課の机を振りかえった。涼子がパソコンと向き合っている。視線を投げかけられるのを予想していたらしい。澄ました態度をとっていたが、桐嶋を横目に見て、ふっと表情を和らげた。

須磨はとっくに社員を動かしていた。桐嶋はため息をつき、涼子に歩み寄った。

「ありがとう」

「どういたしまして」涼子が桐嶋を見上げてきた。「スギナミベアリングの備品管理に不正の疑いがあって、専務から内密の調査を依頼されたことがあったの。総務部のコンピューターに紛れこませたウイルスは、そのときの置き土産」

「なんにせよ助かった。そういやディナーを一緒にすると約束して、まだ果たせていないよな」

「無理しないで」涼子は控えめな微笑とともに、パソコンに目を戻した。「期待せずにまってるから」

桐嶋はわずかに戸惑いをおぼえた。いままで涼子からの誘いに、あれこれ理由をつけて断ってきたのは、桐嶋のほうだ。そんなふたりも三十代になっている。多少の罪悪感もおぼえるが、桐嶋が距離を詰めようとすれば、またこうして涼子が退く。どうにも勝手がちがう。

あるいは涼子もわかっているのだろう。義理やお礼だけでデートの約束を取り付けても意味がないと。女子大生のための復讐が発端、そんな背景も涼子は承知済みにちがいない。

後ろめたさをおぼえるものの、いまは恋愛に気が向かない。桐嶋はUSBを片手に、涼子の机を離れた。「ひとつ借りだね」

「桐嶋さん」涼子がささやいた。「気をつけて」

ふと足がとまる。桐嶋は振りかえった。けれども涼子はパソコンのモニターに目を向けていた。数歩遠のいただけで、ふたたび話しかけるのが難しくなる。

桐嶋は頭を掻《か》きながら自分の机に戻っていった。一匹狼のほうが気楽だ。だが狼一匹だけではなにもできない。

8

自民党の麻生太郎《あそうたろう》は、日本クレー射撃協会の元会長だった。銃刀法の取り締まりが厳しい日本でも、オリンピック競技種目たるクレー射撃はさかんといえる。

クレー射撃場はたいてい山奥にある。千葉県市原市の国本《こくもと》射撃場は、東京オリンピック開催に際し、強化合宿が実施されたことで知られる。じつはスギナミベアリングの経営で、同社製造の散弾銃の試射もおこなわれていた。

日曜は快晴だった。正午過ぎ、桐嶋はハリアーを運転し、山間部の国本射撃場を訪ねた。駐車場には高級外車が連なっている。例のマイバッハも停まっていた。

敷地内の造りはゴルフ場に似ている。クラブハウスのような平屋を経て、その向こうに緑地がひろがる。ティーグラウンドの代わりに、ゴルフの打ちっぱなしのような、屋根つきの射台がある。五つのレーンが横並びになっている。射台の前方は鮮やかな紅葉に包まれた渓谷だった。標的は渓谷に射出され、散弾銃でそれを狙撃《そげき》する。

標的はオレンジいろをした素焼きの皿だった。アマゾンや楽天でも通販されているほど、ありふれた競技用品のひとつに数えられる。渓谷に設置された投射機から、自動的に次々と撃ちだされ、フリスビーのように宙を飛んでいく。

競技者はライフルに似た形状の散弾銃を手にし、標的を狙い撃つ。まず射台に立ってから薬室を開け、上下二連銃にふたつのカートリッジをこめる。ダブルトラップという競技では、二枚ずつ皿が射出される。二発撃ったのち、カートリッジを交換し、また次の射出に備える。その繰りかえしだった。

散弾銃だけに、弾は標的への到達時、直径一メートルぐらいの円形に分散する。よってライフルの狙撃よりずっと命中しやすい。それでもオリンピック競技種目だけに、初心者が当てられるほど簡単ではない。そこにスポーツとしての醍醐味《だいごみ》がある。

中央の射台、屋根の下は、まさしく接待ゴルフの様相を呈していた。ブランド物のシャツに射撃用ベストを身につけ、顔ぶれは高齢者ばかりが五人、いかにも上級国民っぽく談笑しあっている。老婦人もひとりいた。白髪頭にブリーチのハイライト、黒のロングドレスを纏《まと》い、その上からベストを羽織る。ほかの男性らと同様、散弾銃を手にしていた。

漆久保宗治は老婦人の近くにいた。ほかの参加者と立ち話に興じる。年齢と体形に似合わず派手な柄物のシャツ姿だった。ベストもはちきれんばかりだったが、シャツといろを合わせている。たぶんクレー射撃時のお気に入りのファッションなのだろう。

射台の周りには、競技参加者五人のお付きとみられる、スーツ姿らが群れていた。うちひとり、スキンヘッドの肥満体がやたらめだつ。クロは桐嶋に目をとめるや、たちまち硬い顔になった。

桐嶋はかまわず射台に歩いていった。「どうもこんにちは。漆久保社長じゃないですか。その節はどうも」

高齢の競技参加者らが桐嶋に向き直った。漆久保の表情がみるみるうちに曇る。桐嶋はかまわず屋根の下に入り、五人に合流した。少し離れた場所からクロがつかつかと歩み寄ってくる。漆久保は片手をあげクロを制した。まるで番犬のようにクロが立ちどまった。

老婦人は近くで見ると厚化粧だった。桐嶋を眺め、老婦人が漆久保にきいた。「知り合いなの？　どなた？」

「桐嶋君だ」漆久保は仏頂面のままだった。「最近会ったばかりでね。桐嶋君、妻の節子を紹介する」

節子と呼ばれた漆久保の妻は、社長夫人に特有の高慢さをのぞかせながらも、桐嶋に興味津々な目を向けてきた。「まあ。主人の仕事関係にしては、ずいぶんお若いのね」

三人の高齢男性のうち、老眼鏡をかけた細面が笑った。「僕らは急に枯れ果てた気分だよ」

残るふたりの高齢男性も苦笑する。漆久保も笑いを取り繕った。老眼鏡の男性を指さすと、漆久保が桐嶋に紹介した。「三郷《みさと》グループの奥久名誉《おくひさ》会長。それから下松八《しもまつや》重《え》商事の湖崎《こざき》社長」

湖崎のほうは中肉中背、卵形の顔で裸眼だが、目がやたら細かった。ふたりともスギナミベアリングの取引相手なのだろう。桐嶋が気になっているのは残りのひとりだった。白髪頭をきちんと七三に分けた人物が、黒目がちなまなざしを桐嶋に向けてくる。新聞で顔写真を見たことがある。

桐嶋はその男性にきいた。「繁田《しげた》さんですよね？　東亜《とうあ》ＦＴＧ銀行、取締役頭取執行役員の」

「おや」繁田が面食らったように会釈をした。「株主のかたですかな」

「いえ。有名であられるので」

奥久と湖崎が笑いあった。湖崎がぼやき気味にいった。「僕らは人知れず生きてきたようだ」

「とんでもない」桐嶋もつきあいで笑いながら応じた。「奥久会長は東大法学部ＯＢとして、学生のころから尊敬しておりました。湖崎社長のおっしゃった〝知性より性格が道を開く〟は、僕の座右の銘です」

湖崎が白い歯をのぞかせた。「きみは人たらしだな。よくご存じだ。失礼、桐嶋君といったね。きみはなにを……」

漆久保が浮かない顔で告げた。「スマ・リサーチという調査会社の社員だ。探偵だよ」

「探偵！」繁田が苦笑いを浮かべた。「まさか賭《か》けごとの実態を探りにきたんじゃないだろうな」

賭博《とばく》を自白するような発言だったが、漆久保を除き、誰も悪びれたようすをみせない。奥久も一笑に付した。「世のゴルフや麻雀《マージャン》が、缶コーヒーを賭けているだけだというなら、私たちだってそうだ」

さして面白くもない冗談でも、高齢者らは愉快そうに笑い声をあげた。漆久保ひとりが気に食わなそうな視線を向けてくる。

桐嶋はあえて図々《ずうずう》しく漆久保を挑発した。「探偵を共犯にすれば、スキャンダルを防げますよ。僕も賭博に参加できませんか」

繁田がうなずいた。「そりゃいい。漆久保さん、彼も引きこみましょう」

「いや」漆久保は難しい顔になった。「桐嶋君。すまないがこれは友人どうし、親睦《しんぼく》を深めるための集まりでね。クレー射撃のキャリアも、みんなそれなりに長いんだし」

「僕もですよ」桐嶋は退《ひ》かなかった。「台湾にいたころ、林口頂福靶場《リンコウディンフーバーチャン》でよく遊んでいました」

「ああ」奥久が目を輝かせた。「ペラッツィのＭＸ８を借りられる射撃場だな？　私も何度か行ったことがある」

　桐嶋は奥久の手にする散弾銃を眺めた。「スギナミベアリング製GVMなら、イタリアの老舗《しにせ》ショットガンメーカーのMX8にも、精度で劣ることがないでしょう。ダブルトラップぐらい百発百中ですよ」

「へえ」漆久保夫人の節子が、値踏みするような目を向けてきた。「あなたの腕なら外さないって？」

　高齢男性たちが興味深げな視線で漆久保をうながす。漆久保はなおもしかめっ面だった。

「だが」漆久保はつれない態度をしめした。「桐嶋君も知ってのとおり、射台というのは五つでな。競技は六人までオーケーだが、繁田さんの部下も参加するので、きょうは定員いっぱいだ」

　すると繁田が軽い口調で提言した。「ご心配なく。うちの社員はまた次の機会がありますよ」

　しばし沈黙があった。漆久保は渋々といった表情でうなずいた。「参加してもいいが、私たちの賭金《かけきん》は高い。スマ・リサーチが破産しなきゃいいが」

「ご心配なく」桐嶋は漆久保を見つめた。「勝ちますので」

奥久が鼻で笑った。「きまりだな。誰か、桐嶋君に銃とベストを」

ゲームに必要な物を運んできたのはクロだった。クロは口もとを尖《とが》らせたまま、散弾銃とカーキいろのベストを押しつけてきた。桐嶋が受けとると、クロは睨《にら》みつけながら立ち去った。

桐嶋はジャケットを脱いだ。ワイシャツの上からベストを身につける。小さなポケットが無数についていて、それぞれにカートリッジがおさめてあった。

散弾銃をふたつに折り、二か所の薬室を確認する。銃口が塞《ふさ》がれていれば、手もとで爆発が起きてしまう。銃身をのぞいた。どうやら小細工はないようだ。照星と中間照星もまっすぐだった。

参加者たちが集まった。一個のサイコロをかわるがわる振り、射台のレーンをきめにかかる。レーンは左から一番、二番、三番……と並ぶ。

奥久会長が漆久保からサイコロを受けとり、コンクリート敷の床に転がした。⚀だった。次に湖崎、⚂がでた。繁田は漆久保にサイコロを勧めた。漆久保は最後でいいといった。繁田は⚃。

サイコロは桐嶋に渡された。手のなかで軽く振ることで、錘《おもり》が入っていないのを確認できた。サイコロを床に転がす。すでにでた目の場合はやり直し。何度か振り、最終的に⚅になった。節子がサイコロを振ると⚄がでた。漆久保は残った二番レーンにきまった。

各自が散弾銃を手にレーンに立つ。五人が渓谷に向け横一列に並んだ。六番の桐嶋はレーンに入らず、ひとり後方で待機する。

三番レーンの前方、渓谷の下り斜面の途中に、コンクリート製の立方体がある。投射機だった。標的の皿は手前から奥へと射出される。よって立方体の向こう側は開いている。

奥久が散弾銃をかまえた。ストックを肩の付け根にしっかりあてる。右手でグリップを握り、人差し指をトリガーにかける。左手は銃の先台を下から支える。

「パッ！」奥久が声を発した。

投射機から二枚のオレンジいろの皿が飛びだした。渓谷を水平飛行していく。銃声が二度轟《とどろ》いた。皿は連続して砕け散った。

むかしは発声をきき、人が射出の操作をしていたが、いまは自動になっている。競技の公正さを保つためだ。独特の発声と声量をマイクが拾うと、リレーのスイッチが通電し、圧縮空気により射出される。

次いで二番の漆久保が散弾銃をかまえた。三重顎《あご》、いやそれ以上の皺《しわ》を刻みながら照星をのぞきこむ。肥満しきった身体ゆえか、フォームがまるで安定しない。あれでは銃身がブレるだろう、桐嶋がそう思ったとき、漆久保がパッと発声した。二枚の皿が射出された。銃声二発。皿はいずれも消し飛んだ。

桐嶋は驚いた。緊張を感じさせない狙撃《そげき》により、難なく二発とも命中させた。

三番の湖崎、四番の繁田も、それぞれ二枚の皿を空中で破壊した。五番の節子は一発を外してしまった。

この競技では、一番レーンの参加者が撃ち、次に二番レーンの参加者が撃ち終えたのち、一番レーンの参加者は二番レーンに移る。二番の参加者が三番、三番が四番へとずれ、次に順番がまわってくるのをまつ。よって六番手の桐嶋は、空いた一番レーンに入る。このローテーションで五回転の挑戦となる。

一番レーンに立った桐嶋は、散弾銃をかまえるや脇を締めた。左手は添えるだけにしておく。間髪をいれず発声した。「パッ！」

連続して飛びだした二枚の皿を、桐嶋は冷静に狙い澄ました。トリガーを引くとき、銃身が逸《そ》れないよう留意する。発砲の反動を二回つづけて肩に感じた。皿はどちらも空中で粉々になった。

隣の奥久が笑った。「そうこなきゃ。たいしたもんだ」

その向こうから漆久保がこちらを見ているのを、桐嶋は視界の端にとらえた。あえて無視しながら散弾銃をふたつに折り、カートリッジを交換する。これは真剣勝負だ。軽口を叩《たた》く気にはなれない。

二周目もひとり二発ずつ射撃をおこなった。結果は徐々に乱れだした。奥久は二発とも命中させたが、湖崎と繁田は一発ずつ外した。節子は二発とも外れた。そんななかでも桐嶋と漆久保は二発命中だった。

次いで三周目。二発を命中させたのは、やはり桐嶋と漆久保だけになった。四周目も同様の結果に終わった。

五周目、漆久保が撃つ寸前、桐嶋はあえてレーンの後方に下がった。肥満体の漆久保は、射撃の名手とは思えぬへっぴり腰で、ただ銃口を渓谷に向けている。パッと発声したのち、皿が二枚射出された。銃声が二度鳴り響く。やはり皿はいずれも砕け散った。奥久らが笑顔で手を叩いた。

猜疑心《さいぎしん》が桐嶋のなかにこみあげてきた。銃身の狙った方向と、皿が破裂した位置が、直線で結ばれていたように思えない。命中後、皿の破片の飛び散り方もおかしい。

桐嶋はレーンに入りつつ熟考した。漆久保が撃つときにかぎり、皿が勝手に破裂している。ほかの誰かが、別の場所から狙撃しているのか。いや、それでは発砲のタイミングを合わせられない。

皿が空中で爆発するのは、火薬を仕込んでおけば可能だろう。もしかして銃声に反応しスイッチが入る仕組みか。

ありうる。投射機自体が、パッという声を認識し、皿を射出する仕掛けだ。銃声はもっと大きく、独特の音圧波形を有するゆえ、メカで容易に識別できる。

皿が射出された時点で第一のスイッチが入る。強烈な遠心力がかかるのだから、そこに反応するメカニズムであればいい。次に皿が飛行中、内蔵マイクで銃声を拾うや、第二のスイッチがオンになり、火薬に起爆する。素焼きの皿は空中で破裂する。

標的用の皿は五枚セットで五百四十円。マイクとトランジスター回路は秋葉原《あきはばら》で揃う。火薬も含めて安価だ。電気工学系の大学に通う学生なら、難なく仕上げられる。ましてスギナミベアリングは機械加工品事業と電子機器事業の草分けだ。

だが疑問が残る。なぜ漆久保のときだけ、仕掛けを施した皿が射出されるのだろうか。投射機にも仕掛けがあるのか。いや、ここがスギナミベアリング経営のクレー射撃場であっても、それはリスクが大きすぎる。砕けた皿の破片を片付ける清掃員が、渓谷を下っていくたび、投射機の向こう側にまわる。ふつうの機械と異なっていれば一目瞭然《いちもくりょうぜん》だ。投射機にも専用のメンテナンス業者がいる。オリンピック選手候補もここで練習する。漆久保の皿だけ別系統から射出されるなど、仕組みからして不自然きわまりない。

湖崎が声をかけてきた。「桐嶋君。きみの番だよ」

ふと我にかえった。節子がすでに撃ち終えている。桐嶋は散弾銃をかまえた。パッと発声する。空中に飛びだした二枚の皿を、正確に狙い撃ち粉砕した。

奥久が感嘆の声をあげた。「全弾命中は漆久保社長と桐嶋君だけか」

繁田もため息をついた。「いつもながら漆久保社長にはかなわんよ。さすが高性能の散弾銃を世に送りだした人だ」

得意げな笑いを浮かべる漆久保を、桐嶋はじっと見つめていた。

いかにレートの高い賭博《とばく》といえど、大富豪の漆久保が、金にこだわっているとは思えない。この子供じみた笑顔がすべてを物語っている。自尊心と承認欲求。賞賛を浴びることにやたら貪欲《どんよく》で、まるで手段を選ばない輩《やから》というのは、どんな職場にもひとりはいる。漆久保は大企業のトップの座に就きながら、社内に褒めてくれる者がいないからか、わざわざ取引先の接待の場にその機会を求めている。くだらない競い合いにより、ライバルを見下そうとするこざかしさ。いかにも小物らしかった。それが漆久保という男の本質なのだろう。

奥久が声を弾ませた。「このまま尻尾《しっぽ》を巻いて帰るわけにはいかん。きょうこそ損害を取りかえしたい」

漆久保が笑いながら、意気揚々とレーンに向かいだした。「何度でも相手になるよ。私も飛びいりの若いのと、同率一位では気が済まんのでな」

二番レーンに漆久保が立つ。ほかの面々も、さっきのスタート時と同じレーンに入った。

桐嶋のなかになんらかの感触が走った。漆久保は我先にと二番レーンに向かった。なぜそこにこだわるのだろう。

ふとひとつの考えが脳裏をよぎる。投射機のなかで、皿は積み重なった状態で充塡《じゅうてん》されている。上から順に射出される仕組みだ。メカ自体に手を加えずとも、参加者の撃つ順番がきまっていれば、破裂する皿を仕込める。

ありうる。きょうは当初から六人が参加するはずだった。繁田の部下の代わりに桐嶋がエントリーした。漆久保が二番レーンに立つのなら、三枚目と四枚目をギミック皿にしておけばいい。以降は十枚おきに二枚ずつセットしてあれば。

「あのう」桐嶋は声を張った。「もういちどレーンをきめ直さないと」

五人が振りかえった。漆久保がむっとする反応をしめした。

節子も不満を口にした。「特別に受けいれられた身なのに、ずいぶんずけずけとものをいうのね」

「いや」繁田が納得したような顔になった。「公平さを期すのなら、それもまちがってはいない。ちゃんとやろう」

奥久や湖崎もレーンから戻ってきた。漆久保夫妻は苦い表情でほかに倣った。

繁田がきいた。「サイコロは？」

「ああ」湖崎が床に手を伸ばした。「ここにある」

桐嶋は一同にたずねた。「僕が最初に振っても？」

漆久保が苦言を呈しかけたが、男性三人がいっせいにうなずいた。湖崎からサイコロが差しだされる。桐嶋はそれを受けとった。漆久保を一瞥《いちべつ》すると、ぴりぴりした面持ちがかえってきた。

　手のなかのサイコロを眺める。⚁の目を確認した。うっすらと黒く汚れている。桐嶋はサイドスローでサイコロを床に投げた。

　いわゆる捻《ひね》りサイという古典的テクニックだった。⚁を上にし、わずかに傾けた状態で、サイコロに横回転を加えながら投げる。駒のようにスピンする立方体の、上方に位置する三面のうち、傾斜の浅い面が最終的に残る。⚁の目がでた。

漆久保が抗議した。「いまの振り方は駄目だ」

「そうよ」節子もむきになった。「サイコロが転がってない。最初から⚁を上にして横回転させただけじゃないの」

桐嶋は平然と問いただした。「不都合でも?」

男性三人が妙な顔で漆久保夫妻を眺めた。夫妻は苦々しげに黙りこんだ。桐嶋は二番レーンに歩きながら、お付きの群れに目を向けた。クロが黙って睨《にら》みつける。

今度は湖崎が六番、繁田が三番、奥久が五番になった。一番が節子。残りものを引く漆久保は、さも不服そうに四番におさまった。

⚁の面の黒い汚れは、水性サインペンを拭《ふ》きとった痕《あと》だ。⚁に三つの点を書きこみ、⚄にしてあったのだろう。つまり⚁の面がなく、⚄がふたつあるサイコロになっていた。

立方体は隣り合った三つの面しか、同時に見ることができない。サイコロの⚄の裏は⚁。裏表の面である以上、一見してふたつの⚄があるとはわからない。サイコロを渡され、振るときにもまず気づけない。

漆久保は最後までサイコロを振らず、残りものを選ぶ意思をしめした。あの男はいちどもサイコロに触れていない。最後にサイコロを振ったのは節子だ。節子は自分が振ったあと、サイコロの表面を指で拭《ぬぐ》い、水性サインペンで描いた点を消した。証拠を隠滅したサイコロを、なにげなく床に転がしておいた。

すなわち夫婦はグルだった。夫のつまらない見栄のためのイカサマに、妻も手を貸している。大企業の社長夫人がきいてあきれる。夫婦揃っててていどが知れる。

いま桐嶋は二番レーンに立っていた。射出された皿に対し、桐嶋はわざと外して発砲した。当たらなかったはずの皿は二枚とも、銃声とともに空中に砕け散った。

左隣の一番レーン、節子が歯ぎしりしながら睨みつけてくる。桐嶋は気づかないふりをした。

漆久保の横顔も真っ赤になっていた。順番が来ると、漆久保の散弾銃を持つ手は、やたら震えていた。皿が飛びだすと、余裕のない銃声が二回轟《とどろ》いた。ノーダメージの皿が二枚とも飛び去った。奥久が驚きの声を発した。湖崎と繁田は、漆久保がめずらしく外しただけと思ったらしい。ただ笑い声をあげた。

不快そうな表情を浮かべるのは漆久保夫妻だけだった。苛立《いらだ》ちをあらわにした節子は、何度順番がまわってきても、二発とも外してばかりいる。

桐嶋は身体を横向きにし、散弾銃を斜にかまえると、ろくに狙いもせずに発砲した。二度トリガーを引くだけでいい。ほとんど標的を見ることとさえなく、皿は二枚とも粉砕された。奥久らが仰天した。夫妻の顔面は紅潮する一方だった。

四周目、また桐嶋の番がきた。繁田が無邪気に提言した。「桐嶋君。さっきと同じくちゃんと狙わない撃ち方で、今度も当てられるかね？　当てたら倍払おう」

奥久が笑った。「乗った！　私は彼が当てるほうに賭《か》ける」

湖崎も同調した。「僕は一発だけ当たるとみた」

「ええ」桐嶋は余裕をしめしてみせた。「かまいませんよ」

漆久保は憤りに満ちた表情だったが、ふとなにか思い立ったかのように、お付きの群れを振りかえった。なにやらクロに目配せしている。

クロがいきなり空を仰ぎ、甲高い奇声を発した。「ポォ！」

一同が面食らったとき、二枚の皿が射出され、渓谷を飛んでいった。

繁田は眉《まゆ》をひそめた。「なんだね、いまのは」

「すまん」漆久保が応じた。「うちの運転手だ。ときどきあんな声をあげるのでね」

男性参加者たちが妙な顔を見合わせた。漆久保がじろりと桐嶋を睨みつけてくる。挑発的なまなざしが告げていた。どうだ、仕掛けを施した皿は飛び去り、次に射出されるのはノーマルな皿だ。かまえずに当てられるものなら当ててみろ。

どこまでも幼稚な意地を張りたがる男だ。桐嶋は悠然と横向きに立った。散弾銃は腰の高さに緩くかまえた。パッと声を張った。

渓谷は正視しなかった。ただ視界の端にとらえる。二枚の皿が飛びだした。照星と中間照星で狙いを定めずとも、銃身の角度について、両手の感覚で察知できる。重要なのは風向きだった。標的までの距離は約三十五メートル。散弾の速度は秒速三百二十メートル。およそ〇・一秒のタイムラグが生じる。狙うのは常に皿の軌道のわずかに先になる。

トリガーを引くや銃声が轟いた。反動によるブレを両手で微調整し、即座にもういちど発砲する。二発の銃声は長く尾を引いた。

奥久が両手を高々とあげ、歓声に似た声を発した。湖崎と繁田もそれぞれに嘆息を漏らした。

桐嶋は渓谷を眺めた。二枚の皿の破片が飛散しながら、谷底に消えていくのを目にした。

漆久保はいまや耳まで真っ赤になっていた。自分の順番がまわってきたのち、パッと発声するのを忘れ、震える手で散弾銃を延々とかまえている。やがて湖崎にうながされ、我にかえったようすの漆久保が、パッと叫んだ。皿が二枚飛びだした。銃声が二発。弾はかすりもしなかった。

五周目、最初に撃つのは節子だった。すると漆久保が興奮ぎみにいった。「妻の二発命中に、きょう失った金額の倍を賭ける！」

男性参加者ら三人がどよめいた。桐嶋はひとりしらけた気分でたたずんだ。

さっき桐嶋が撃つはずだった、火薬入りの皿二枚は、クロの奇声により飛び去った。皿の射出は二枚ぶん前倒しになった。よって節子の番に、銃声のみで破裂する皿二枚が現れる。

節子が白髪頭を撫《な》でつけたのち、散弾銃の銃口を渓谷に向けた。「パッ！」二枚の皿が射出された。節子がトリガーを引こうとしている。桐嶋は節子に軽く足払いをかけた。体勢を崩した節子は前のめりになった。銃口がほぼ真下を向いた状態で、散弾銃が火を噴いた。

遠くで皿二枚のうち一枚が、パンと音を立て、空中で破裂した。

渓谷に銃声がこだましたのち、徐々にフェードアウトしていった。ほどなく静寂が戻った。奥久が目をぱちくりとさせていた。湖崎は言葉を失ったようすで、ただ唖然《あぜん》と節子を見下ろしている。

繁田が信じられないという顔でつぶやいた。「下に向けて撃ったのに……」

節子は床にへたりこんでいた。桐嶋は手を差し伸べた。尻餅《しりもち》をついたままの節子が、鬼の形相で仰ぎ見てくる。だがそのままでは体裁が悪いと思ったのだろう。あえて気取ったようなしぐさで、節子は桐嶋の手をとった。桐嶋は力をこめ、節子を引き立たせた。姫を前にしたかのように、節子の手を高々と持ちあげながら一礼した。

別れの挨拶《あいさつ》は必要ないだろう。桐嶋は踵《きびす》をかえし、レーンから立ち去った。歩きながらベストを脱ぎ捨て、ジャケットを肩にかける。漆久保はひとり屋根の下から抜けだしていた。桐嶋はそこに歩み寄り、息がかかるほど距離を詰めた。

「ところで」桐嶋は漆久保にささやいた。「賭け金の支払い、不渡り小切手はご免なんだけど」

硬い顔の漆久保がクロを手招きした。近づいてきたクロが懐から、分厚い封筒をとりだした。ごくふつうのサイズに見えるが、それはクロが巨漢だからだ。実際には大判の封筒だった。

漆久保は受けとった封筒のなかから、百万円の束をふたつつかみだした。銀行の帯がついている。苛立ちをのぞかせると、それらを封筒のなかに戻した。漆久保は封筒ごと、すべての金を桐嶋の胸に押しつけてきた。「持ってけ。二度と現れるな」

「璃香さんもあんたにそういいたかっただろうよ」桐嶋は勝ったぶんの二百万円だけをとりだし、封筒を漆久保に突きかえした。

風船のように膨れた漆久保の丸顔が、至近距離から桐嶋を凝視してくる。腫《は》れぼったい瞼《まぶた》の下にのぞく眼球が血走っていた。憤怒《ふんぬ》と憎悪、殺意に満ちたまなざしに思えた。

節子が漆久保に歩み寄り、醒《さ》めた態度でうながした。「行きましょ」

漆久保は封筒を抱きかかえ、後ろ向きに歩きだした。去っていく節子を追うように、漆久保は桐嶋に背を向けた。ほぼ球体に近い後ろ姿が、上下に揺れながら遠ざかっていく。

クロは立ちどまったままだった。桐嶋は散弾銃をクロに投げ渡した。両手で散弾銃を受けとると、クロは強く握り締めた。怪力ショーのごとく、銃身がみるみるうちにねじ曲げられていく。無残に歪曲《わいきょく》した散弾銃が、地面に投げ捨てられた。クロは桐嶋に眼《ガン》を飛ばし、漆久保夫妻の立ち去ったほうに歩きだした。

射台では三人の高齢男性らと、お付きの連中がたたずんでいる。みな不審げな顔をこちらに向けていた。桐嶋は無言のまま歩き去った。

漆久保夫妻がクラブハウスのような平屋に入った。ふたりにクロがつづく。夫妻は帰り支度をしたのち、マイバッハで引き揚げるのだろう。

桐嶋はスマホをとりだした。親指で画面をタップする。アプリを起動させると、現在地周辺の地図が表示された。赤いマーキングが漆久保の居場所をしめしている。

いましがた封筒のなかにGPS発信器を仕込んでやった。大富豪の漆久保にとって、賭博《とばく》用の小遣いをおさめた封筒など、子供の菓子袋と同じだろう。どこかプライベートな領域に引き揚げたら、ろくに中身をたしかめもせず放りだす。

プライベートな領域に持っていくにちがいない、そう考える根拠は、ギャンブル好きの金持ちの常だからだ。探偵業者にはお馴染《なじ》みの状況だった。一局に何百万も賭ける麻雀《マージャン》好きは、可処分所得から用意した大金を、誰の目にも触れない場所に温存する。賭博以外には遣わない遊び専用の小遣い。個人口座の出入金に不自然な記録を残さないためだ。

冬が近づいているせいか日が短い。もう陽射しが傾きつつある。桐嶋は歩きながら、ふたつの札束をポケットにいれた。できればガールズバーで働きだす前の璃香に、この金を渡してやりたかった。きっとなにもかも始まらずに済んだ。

9

それからの四日間、GPS発信器の位置情報は、都内のあちこちを行ったり来たりしていた。

漆久保のマイバッハの移動先を、桐嶋は張りこみにより随所で把握したが、そこと発信器の位置情報が常に重なった。たぶんあの封筒はクルマのトランクか、グローブボックスに放りこんだままなのだろう。

クレー射撃場やほかのレジャー施設、歓楽街にも寄りつかない。スギナミベアリングの本社や工場、代官山《だいかんやま》の自宅ばかりを行き来している。よほど懲りたのか、いまのところ賭博を再開していないようだ。たぶんクレー射撃仲間にも、当面は合わせる顔がないにちがいない。

ところがそんな位置情報が、真夜中にぐんぐん西に移動したうえ、一か所から動かなくなった。場所は神奈川県相模原《さがみはら》市緑区田名《みどりくたな》３８５１－４。住宅街の一角だった。代官山に住む漆久保には、縁もゆかりもない住所のはずだ。

さらに三日が過ぎたが、位置情報はまったく移動しなかった。漆久保はやはりマイバッハで本社や工場、自宅を行き来している。住宅街に留《とど》まったままなのはおかしい。発信器に気づいたとは考えにくい、桐嶋はそう思った。これまでの経験上、監視対象がＧＰＳ発信器を発見した場合、とるべき行動はかぎられている。ただちに破壊するか、遠くに捨てに行くか、どこかで罠《わな》を張るかだ。しかし捨てる場合は、かならず攪乱《かくらん》を狙える場所を選ぶ。好ましいのは競馬場や競輪場、風俗街などだろう。探偵が飛びついてきたところを、返り討ちにするにも好都合だからだ。

いま位置情報を発信しているのは、片田舎の閑静な住宅街、それも一軒の民家にすぎない。不動産情報を調べてみると、その辺りの地価は低めで、物件価格も安かった。素性不明の個人が、五年ほど前に現金一括払いで購入した中古住宅。わかったのはそれぐらいだった。

週明けの月曜、桐嶋はハリアーで中央《ちゅうおう》自動車道を飛ばしていった。あえて日が暮れるのをまち、相模原市の緑区田名なる辺りへ向かった。

平地だったが、遠くに低い山々のシルエットが見える。夜空に星が綺麗《きれい》に浮かんでいた。遠くにサーチライトが走る。田んぼがひろがる一帯に面する、ごくありきたりの住宅街に行き着いた。生活道路は舗装されているものの、いかにも畦道《あぜみち》の幅で、両脇に軒を連ねるのも古びた家屋ばかりだ。コンビニもなく、総じてうら寂しい一地方の低層住宅地域、それ以外の印象はない。

桐嶋はヘッドライトを消灯し、慎重にハリアーを徐行させた。夜六時すぎ、冬に近いこの季節だけに、すでに辺りは真っ暗だった。ひとけはなく、往来するクルマもない。民家の庭先には駐車スペースがあるが、大半の自家用車は帰ってきている。軽のワンボックスカーや軽トラが多かった。ほとんどの家の窓から明かりが漏れている。

住民の帰宅時間が早いようだ。おそらくこのままでかけず、みな就寝時間を迎えるのだろう。

田舎ならではの素朴な暮らしぶり。プロパンが目につくからには、都市ガスも引かれていない。漆久保宗治の生家があるわけでもなく、この付近で育ったという話もきかない。やはり大富豪が訪ねる地域には思えなかった。マイバッハが乗りいれたら、恐ろしくめだつにちがいない。

GPS発信器がしめす位置に近づいた。桐嶋は片側が田んぼになった、わりと幅広の道端にハリアーを停めた。エンジンを切り、車外に降り立つ。スーツに空気の冷たさが沁《し》みいってくる。桐嶋はひとり歩きだした。路地に入り、いくつか角を曲がった先こそが、くだんの住所になる。

問題の家そのものはグーグルアースで確認済みだった。土地面積は約六十坪、築十年ていどの二階建て。そんな家が見えてきた。ポーチの光ひとつ目につかない。完全に消灯した状態で、闇のなかに沈んでいる。外観もこれといって特徴がないが、窓はごく少なかった。どの窓ガラスもやや奇妙に思える。鏡のように反射し、宅内をまるで見通せない。カーテンが閉まっているかどうかさえわからない。

門扉や塀はいっさいなく、庭は土間打ちだった。クルマ二台ぶんの駐車スペースがあるが、いまはがら空きになっている。ところが動きがあった。桐嶋は電柱の陰に身を潜めた。

一台の原付バイクが路地を接近してきた。問題の家の敷地に入っていく。小柄で痩《や》せた人影がバイクを降りた。ハイネックニットにスラックス、女の体形に思える。人影はバイクを押し、家のわきに入っていった。

もしクルマ二台が帰ってくるのだとしても、バイクを停められる空間なら、庭先に充分にある。にもかかわらず人影は、わざわざバイクを奥に隠そうとしている。人目を忍んで帰宅したのだろうか。

桐嶋はそっと家に歩み寄った。サッシが開閉する音がきこえる。玄関ではなく裏手から入ったようだ。いっそう奇妙に感じられる。

靴音を立てないよう注意しながら、庭の土間打ちを横切った。玄関ドアに近づく。ドアの把《と》っ手《て》をつかんでみた。当然ながら施錠されている。

家の外壁に沿って移動し、さっき人影が消えていった側面へとまわる。安物のサイディングが使われていた。豪邸にはほど遠い。やはり漆久保が来るような場所には思えない。

電気メーターがあった。家全体が真っ暗だが、よく目を凝らすとメーターは回っている。どこかで電力を消費しているようだ。エアコンの室外機は作動していない。窓のなかには明かりひとつ見えない。

さらに裏手へとまわっていく。エコキュートの大きめのタンクがあった。オール電化住宅かもしれない。プロパンガスの地域には適している。タンク自体は新しかった。外観に似合わず、わりと金をかけたリフォーム工事がおこなわれたとわかる。

タンクの傍らに原付バイクが停めてあった。ナンバープレートが外されている。ヘルメットは小さめだった。乗っていたのはやはり女か。近くに掃きだしのサッシ窓がある。窓は閉じられていたが、クレセント錠の近くが割られている。

ガラスを割って侵入したのか。だがさっきそんな音はきこえなかった。断面に軽く指を這《は》わせてみた。割れてから二、三日というところか。もっと年数が経っていれば、ざらつきも失《う》せている。

サッシ窓を横滑りに開けてみた。ふしぎなことに、窓の内側を黒い壁が覆っていた。手で押してみる。壁は内部へと、窓枠の片側を軸にしながら開いた。室内照明の光が目に飛びこんできた。

桐嶋は靴を脱がず、なかにあがりこんだ。そこはダイニングルームだった。異様なことに、一見して高級とわかる家具ばかりが、まるでモデルルームのように室内を彩る。テーブルはブナの象嵌《ぞうがん》、椅子の牛革にはブロンズの鋲《びょう》。シャンデリアが下がり、マントルピースも設けられている。壁のモールもフェイクではない。

サッシ窓を振りかえった。窓枠にちょうどぴったり嵌《は》まりこむ、観音開きの木製の扉が取り付けてあり、室内と同一の壁紙が貼られている。ラブホテルでよく見かける仕様だった。内扉を閉じれば、窓がないのとほぼ同じ状態になる。昼間は陽光が射しこまないし、夜間も室内の明かりが漏れない。

窓ガラスを観察してみると、内側からミラータイプのフィルムが貼ってあった。クルマのサイドやリアウィンドウに貼るフィルムと同じだ。窓と内扉を閉めておけば、常にガラスの外側は反射面になり、家のなかは見えない。昼間に室内を消灯し、内扉だけを開ければ、マジックミラーのように一方的に外を眺められる。

壁全体に厚みがあった。防音工事が施されているようだ。費用がかかっている。家具も含めればこの部屋だけで、土地と本来の家の価格を上まわるだろう。

静かにドアを開ける。隣の部屋に入った。ここの照明はダウンライトで、やはり点灯していた。革張りのマッサージチェアと、ベッド型のカイロプラクティックマシンが並んでいる。壁一面を黒の石板タイルが覆う。ここも窓はラブホのように塞《ふさ》がれている。ミニバーのカウンターがあった。まるでラウンジのような内装で、民家の一室とは思えない。

廊下の床には大理石が敷いてある。浴室のなかを見たとき、桐嶋はため息をついた。本来は狭いユニットバスだったのだろう。たぶん脱衣室だった場所まで改装の範囲に含め、広く豪華なタイル張りの浴室ができあがっている。置かれているのは、正式名称として介護風呂《ふろ》椅子、もしくは万能椅子と呼ばれるしろものだった。一般的にはソープランド御用達《ごようたし》のスケベ椅子という。

階段を二階へと上った。最初のドアを開けると、なんと学校の教室然とした内装だった。本物の教室よりは狭いが、黒板や教壇を備え、生徒用の机と椅子もひと組ずつある。壁には女子高生の制服が多数掛けられていた。都内の学校すべてを網羅していると思えるほどの量を誇る。二階の窓も一階と同じく、ラブホ仕様の内扉で塞いであった。

隣の部屋に移ってみる。今度の内壁はコンクリートの打ちっぱなし。天井から鎖が下がっていた。手枷《てかせ》が揺れている。拘束台や三角木馬など、SMホテルさながらの設備が揃う。

さらに次の部屋は、天井も壁も鏡張りだった。真んなかにはダブルベッドが据えられ、ピンクいろの妖《あや》しい光が照射されている。

やれやれと桐嶋は頭を掻《か》いた。だいたいわかった。ここは漆久保専用の風俗施設だ。金持ちは自前のプレイルームを持ちたがる。立場上、歓楽街で遊ぶことも難しいせいだ。漆久保は都心から離れた片田舎に、一軒の中古住宅を買い、内部を自分好みに改装した。しかも徹底的に、あらゆる種類の風俗店を再現している。

中途半端な成金は、こういう部屋の建設費まで経費で落とそうとする。だがそれでは税務署に追及され、いずれは国税局の査察すら受けてしまう。漆久保は可処分所得の範囲内で、こっそりここを築きあげたのだろう。改装業者にも充分に金を払い、箝《かん》口令《こうれい》を敷いておく。自分の金で隠れ家を所有するだけなのだから、法的には問題がない。あくまで個人の趣味に留《とど》まる。

問題はここに誰を連れこむかだ。合意のうえで女を誘うか、デリヘルでも呼ぶのか。漆久保がそれで満足するとは思えない。妻の節子はここを知っているのだろうか。一緒に遊んでいるとすれば、想像するだけでもおぞましい。

桐嶋はスマホを操作した。GPS発信器はこの家のどこかにある。ブザーを鳴らすボタンをタップした。

防犯ブザー並みの大音量のはずだが、いまは羽音に似た微音がきこえるにすぎない。桐嶋は耳を澄ました。もうひとつのドアの向こうが音の発生源に思える。そのドアを開けた。

　そこはウォークインクローゼットだった。ゴルフバッグやスニーカーが置かれ、段ボール箱も山積みになっている。片隅に耐火金庫があった。ブザーは金庫の内部で鳴っている。

　スマホをタップすると、ブザーがやんだ。桐嶋は鼻を鳴らした。しばらくマイバッハに積みっぱなしだった大判の封筒を、ここに立ち寄ったとき、金庫に戻したのだろう。めだつマイバッハを乗りつけるのは真夜中。一日を過ごすのなら、車体にビニール製カバーをかけておく。それだけで近所に妙な噂が立つのを防げる。

　ウォークインクローゼットをでる。桐嶋は鏡張りの部屋に引きかえした。

　鳥肌が立った。前方の鏡に、桐嶋の背後から忍び寄る人影が映りこんでいた。さっきの女がウォークインクローゼットに潜んでいたらしい。真後ろでゴルフクラブが振りあげられた。

　桐嶋はすばやく身を翻した。ナイフより長い棒のほうが、凶器としては厄介ではある。しかし桐嶋は片足を後方に引き、上体を後ろに反らし、振り下ろされたゴルフクラブを躱《かわ》した。ただちに片手を伸ばし、相手の腕を下から引っかけ、肘《ひじ》をつかんで固定する。身動きできなくなった相手を突き飛ばした。

小柄な身体が短く悲鳴を発し、後方によろめくと、盛大に尻餅《しりもち》をついた。ゴルフクラブが投げだされた。怒りに満ちた表情が桐嶋を見上げた。

衝撃が走った。桐嶋は凍りついた。璃香。いま目の前にいるのは曽篠璃香だった。だがそんなはずはなかった。よく見れば髪型が璃香とちがい、この女はショートボブだ。年齢もやや若く思えた。璃香そっくりの女は、ただちに跳ね起きると、廊下へと逃走していった。どたばたと階段を駆け下りる音が響く。さっきは視認できなかったが、靴を履いているのが足音からわかる。女も土足であがりこんでいた。ゴム底の靴、たぶんスニーカーだろう。

桐嶋も女を追った。階段を猛然と下っていく。女の背が見えた。侵入経路だったダイニングルームに戻ろうとせず、まっすぐ玄関へと向かっている。解錠するやドアを開け放ち、外へと駆けだした。桐嶋は女の背後に追いすがった。

ところが前方から眩《まばゆ》い光に照らされた。女がすくみあがった。黒塗りの大型ワンボックスカーが、路地からこの家の庭へと、いままさに進入しつつある。

車種はトヨタのグランエースのようだ。グランエースは徐行していたが、女と桐嶋の存在に驚いたらしく、甲高いブレーキ音とともに急停車した。女はクルマのわきを抜け、路地に逃れようとした。ところが車体側面のスライドドアが開き、作業着姿の男たちが繰りだしてきた。急なことだったせいか、男たちは飛び道具がわりに、モップや箒《ほうき》を手にしている。

宅内の定期的な清掃のために来た、一見してそうとわかる。作業着の群れが女を捕えた。女は身をよじりながら悲鳴を発した。

桐嶋はためらわず躍りかかった。作業着ふたりが前方に立ちふさがった。近いほうの敵のみぞおちにサイドキックを見舞う。桐嶋の身体はもうひとりに向いていた。すかさずフロントキックを腹に食らわせる。敵が苦痛に前のめりになるや、裏拳《うらけん》で顔面を強打した。敵が仰向《あおむ》けに倒れる寸前、鼻血が宙に舞うのが、ヘッドライトに鮮やかに照らしだされた。

女を取り押さえていた作業着ふたりも、あわてたようすで桐嶋に向き直った。運転席からもうひとりが飛びだしてくる。自由になった女は路地に逃走しかけた。だが足がなくては逃げきれないと考えたのだろう、家の裏手へと駆けこんでいった。

作業着三人がいっせいに殴りかかってきた。桐嶋はひとりに目潰《めつぶ》しの突きを放った。びくっとした敵が身を退かせる。しかしそれはフェイントでしかなく、桐嶋は足払いをかけた。転倒する敵から、残るふたりに向き直ったとき、モップが振り下ろされた。

桐嶋はてのひらで払いのけ、手刀で敵の顎《あご》を突きあげた。最後のひとりは飛び道具らしきものを抜こうとしたが、その手が懐から現れる前に、鼻っ柱に縦拳を浴びせた。頬骨の折れる鈍い音がきこえた。敵は両手で顔を押さえ、呻《うめ》きながら突っ伏した。

軽いエンジン音が響いた。原付バイクが家のわきから走りでてきた。女はヘルメットもかぶらず、必死にスロットルをふかし、路地へと逃げ去っていった。

庭の土間打ちに這《は》う作業着らが、唸《うな》り声を発しつつ、それぞれ身体を起こそうとする。桐嶋は次々にローキックを見舞った。脇腹を押さえながらうずくまる集団を尻目《しりめ》に、桐嶋は路地を逃走した。喧嘩《けんか》が長引けば不利になる。

何度か角を折れハリアーに戻った。運転席に乗りこむやエンジンをかけ、ただちに発進させた。作業着が数人、早くも追ってくるのを横目にとらえた。ずいぶん迅速に復活した。鍛えている連中のようだ。

真っ暗な路地を駆け抜け、鳩川《はとがわ》方面へと向かう。原付バイクらしきテールランプは見当たらない。さっきの打撃にともなう手の甲の痺《しび》れを感じた。ステアリングを握りにくい。桐嶋は軽く手を振った。

璃香そっくりの若い女、年齢はおそらく十代。素性など考えるまでもなかった。目的も姉の復讐《ふくしゅう》にちがいない。

だがふしぎだ。桐嶋は唇を噛《か》んだ。彼女はどうやって漆久保の隠れ家を探り当てたのだろう。

10

翌朝早く、GPS発信器の位置情報は途絶えた。なにがあったか桐嶋には想像がついた。クロあたりが駆けつけ、宅内を徹底的に調べたにちがいない。なぜ桐嶋が現れたのか理由を追求し、大判の封筒をたしかめるに至った。発信器はあの怪力で握り潰《つぶ》したのかもしれない。

桐嶋は国道十六号沿いのネットカフェに泊まった。パソコンで〝高円寺女子大生殺人事件〟を検索してみる。曽篠璃香という実名報道はされていない。容疑者も浮かんでいないのが現状だった。よって事件発生直後のニュース以外、新たな記事は見つからなかった。

けれども検索を進めるうち、画像掲載可能な掲示板に、曽篠璃香の名を見つけた。なんと璃香の顔写真までアップされている。匿名の投稿者は連絡先のメアドとともに、不特定多数へのメッセージを綴《つづ》っていた。〝殺害された曽篠璃香さんに関する情報をお寄せください〟とある。

投稿のレスは半信半疑だった。〝もし事実なら、こんなとこに実名を載せるなんてまずいんじゃないのか〟〝ただの悪戯《いたずら》だろ、通報しといた〟というような感想が大半を占める。六本木のガールズバーで見かけた気がする、そんなレスもあったが、それ以上の情報は寄せられていなかった。

桐嶋はマウスを操作し、曽篠璃香の画像を保存した。フォトレタッチソフトをダウンロードし、璃香の顔写真に手を加えていく。

昨夜ばったり出会った、璃香にそっくりの少女、おそらく妹の顔。記憶を頼りにデジタルエアブラシで描き換えていく。髪型はまったく異なる。黒髪のショートボブにすると、かなり雰囲気が近くなった。姉よりも丸顔で顎が細い。鼻も少し曲線を帯びている。

一時間ほどの作業で、本人と見まがうような顔写真ができあがった。スマ・リサーチ社の所長室のパソコン宛てに、メールに画像添付し送信する。桐嶋はパソコンの電源をオフにし、小部屋で横になった。しばらくはなにもできない。

うとうとと眠るうち、スマホの振動音をきいた。桐嶋は身体を起こした。時刻はもう午前九時過ぎだった。画面表示により須磨からの電話だとわかる。小声で応答した。

「はい」

「桐嶋」須磨の落ち着いた声が告げてきた。「送ってくれた画像の少女だが、うちのPIスクールの体験受講に参加したらしい」

PIスクール。スマ・リサーチ社が一般向けに開催する探偵学校だった。優秀な生徒がいればスカウトして社員に採用する。最近の体験受講はわずか数日前。桐嶋はきいた。「彼女と会ったんですか」

「いや。私は不在だったから、土井課長が授業をおこなった。さっき画像を社員に見せたとき、土井課長が反応したんだよ。ちょっとまて、いま電話を替わる」

土井の声が耳に届いた。「桐嶋。この少女は伊藤美波《いとうみなみ》と名乗っていた。彼女がどうかしたのか」

「偽名ですよ。本名は曽篠晶穂。高円寺で殺害された女子大生、曽篠璃香の妹です」

「被害者の妹……。たしかなのか?」

体験受講なら申請書の提出だけで参加できる。身分証のチェックはおこなわれない。桐嶋は土井にたずねかえした。「彼女の参加理由は?」

「ええと」紙をめくる音とともに、土井の声が応じた。「就職に調査業も考えているので、勉強がてら来てみたと」

「いつも盛況の体験受講で、ひとりの参加者の顔をおぼえていたんですか」

「彼女は授業が終わったあと、私のところに来て質問したんだよ。だから記憶に残ってた」

「どんな質問ですか」

「環境から場所を割りだすテクニックについて、もう少し教えてほしいといってね。たとえば都心からクルマで一時間ぐらい、ほとんど高速道路を経由。いまの時期、こと座が見える方角に低い山が連なってて、サーチライトが走ってる。田んぼと住宅地との境目。それだけの情報で位置が特定できるかと」

「答えたんですか」

「ああ」土井の声が得意げにいった。「たぶん彼女は、自分が知ってる場所について、私が本当に特定できるかたしかめたんだろうな。その場にあったパソコンで地図を検索して、さっさと答を見つけたよ。住所は……」

「相模原市緑区田名」

「……なんだ、すごいな。きみも早々にわかったのか」

高速道路は中央道だろう。こと座が見える西北西のサーチライトなら、ゆうべ桐嶋も目にした。山の向こうの相模湖で開催される〝光のショー〟だ。そのうえ田んぼと住宅街の境目といえば、おのずから地域が絞られる。探偵なら難なく特定に至る。

　璃香は例の家に連行され、漆久保に好き放題にされたと考えられる。行き来する車中では、おそらくスマホを没収されたうえ、目隠しをされていた。それでも一瞬、現場近くで外を見る機会があったのだろう。のちに璃香は妹の晶穂に、その情景を伝えた。

「ああ」土井の声がいった。「いま思いだしたんだが、彼女はそのとき、きみについても質問してきてね。対探偵課の桐嶋という人はいますかと」

　桐嶋は虚空を眺めた。璃香は桐嶋への依頼についても、晶穂に話したのだろう。スマ・リサーチ社のＰＩスクール、体験受講に晶穂が参加したのは、そのせいにちがいない。

　物憂げな気分で桐嶋は問いかけた。「彼女はなんて……？」

「特になにも。ただ仏頂面だったな。きみに会いたかったようだが、会えないとわかって、少々機嫌を損ねたようすだった」

　須磨が電話を替わった。冷静な須磨の物言いが耳に届いた。「桐嶋。この元画像は姉の璃香さんだな？　晶穂さんの特徴をとらえて加工したんだろう？」

「そうです」

「元になったとおぼしき画像なら、私も見たばかりだ。曽篠璃香さんに関する情報を求める手製のビラが、高円寺のマンション周辺に多く貼りだされてる。警察が厄介がってる」

不穏な空気が小部屋に充満していく。ネット上の投稿と同じ画像を用いたビラ。晶穂の作成にちがいなかった。桐嶋は須磨にきいた。「ビラにはどのようなことが……?」

「殺されたのは曽篠璃香さん。犯人を知っている人がいたら教えてください。要約すればそんなところだ」

璃香も漆久保宗治の名だけは、晶穂に伝えなかったようだ。妹にまで危害が及ぶのを恐れたのだろう。桐嶋はつぶやいた。「漆久保がビラの存在を知れば……」

「晶穂さんの身にも危険が迫るだろう。日中、彼女は高校に通ってるはずだ。注意を呼びかけるなら、学校へ行くのが手っ取り早いな」

どの学校かは調べがついている。放課後、晶穂は児童養護施設に帰らず、外泊ばかりしているともきいた。おそらく晶穂は土井による分析をもとに、相模原市緑区田名の住宅街で、連日夜を徹して張りこんだのだろう。原付バイクで毎晩、片道六十キロ以上も走ったことになる。そのうち場所に不釣り合いなマイバッハが来るのを見て、晶穂は例の家を突きとめた。翌日以降、また留守になった宅内に侵入し、夜を明かすのを日課にした。姉を連れまわした人物に会い、真実を問いただそうとしたにちがいない。

昨夜は偶然にも、漆久保が清掃係を差し向けた。けれども晶穂が奴らに会うより早く、桐嶋が家のなかに忍びこんだ。

漆久保は桐嶋のみならず、晶穂の存在も脅威と感じただろう。ほうってはおけない。

桐嶋はいった。「曽篠晶穂は静岡県立御殿場東《ごてんばひがし》高校に通ってます。僕が訪問できるよう下地づくりをお願いできませんか」

「わかった」須磨の声が応じた。「大手企業の人事担当部署を装い、高卒採用のため学校訪問したいと申しいれとく。時期はずれてるが、来年度の相談だといえば、進路指導主事から拒否されることはない。それらしく振る舞え」

探偵が学校に潜入する際の常套《じょうとう》手段だった。桐嶋は応じた。「心得ています」

「絶対に騒ぎを起こすな。明日の午後には捜査一課の坂東課長が、うちを訪ねてくる。用件はきみについての小言だ。そんなときに……」

「ええ。肝に銘じました。ご迷惑はおかけしません」

「よし。けっして気を抜くなよ」須磨がそれだけいうと、通話は切れた。

桐嶋はスマホを投げだした。仰向《あおむ》けに横たわる。ネカフェの小部屋、安っぽい天井板を、ただぼんやりと眺めた。

璃香の死に責任を感じずにはいられない。妹の晶穂に後を追わせるわけにいかなかった。もう猶予などない。巨悪の魔手がすぐそこまで迫っている。

11

トヨタハリアーでばかり動きまわるのは好ましくない。桐嶋はレンタカー店に行き、同じく大型ＳＵＶのランドクルーザー、略称ランクルを借りた。ハリアーは店舗に置いていく。提示した運転免許証は、むろん偽名の偽造品だった。

薄日の射す午前中、圏央道《けんおうどう》から東名《とうめい》高速へと、桐嶋はランクルを飛ばしていった。足柄《あしがら》で一般道に降り、御殿場市内に入る。

学校に到着したのは昼休みの時間帯だった。教職員専用の駐車場にクルマを停めてから、来賓用の玄関を訪ねる。

校舎内に生徒たちの賑《にぎ》わう声がする。ネットで調べたところ、ここには学食がないらしい。昼食は学生ホールで販売されている。飲み物の自動販売機は校内にある。みなそれぞれ教室に戻り、食事をとっているようだ。

進路指導主事の教員が出迎えた。スリッパを勧めてくる。いざというときを考慮すれば、靴を脱ぎたくはないが、いまは仕方がない。

まず校長室へと案内された。渡した名刺には大手企業のロゴとともに、偽名が記してある。桐嶋は逸《はや》る気を抑えながらも、校長や教頭とそれらしい会話を交わした。来年度は早い段階で求人票を持参したい、そう提言する。有効求人倍率についてたずねられ、もっともらしい数字を挙げておいた。

校長と教頭、進路指導主事が納得の反応をしめした。好機だと桐嶋は思った。校内を見てまわってもよろしいでしょうか、桐嶋はそのようにきいた。ご自由にどうぞと返事をもらった。

桐嶋はひとり廊下にでた。校長室の隣は職員室だった。素通りしようとして、ふと足がとまる。激しい剣幕で怒鳴る声がきこえたからだ。

半開きの引き戸のなかをのぞきこんだ。教員らは外で昼食をとっているのか、事務机の大半は無人だった。

そんななか着席している中年男性が、額に青筋を浮かびあがらせ、近くに立つ女子生徒を見上げていた。「だいたいこんなビラを勝手に校内に貼りだすな。ほかの生徒が苦言を呈するのも当然だろう」

女子生徒はこちらに背を向けている。黒髪のショートボブ、ブレザーにスカート姿だった。桐嶋は唖然《あぜん》としながら職員室に入った。まさかいきなりトラブルを起こしているところにでくわしたのか。

教師が指さす机の上に、何枚ものビラが重なっている。曽篠璃香の顔写真が印刷されていた。〝情報をください〟と大書されている。

桐嶋は女子生徒の顔が見える場所にまわりこんだ。曽篠晶穂がこちらを一瞥《いちべつ》した。眉間《みけん》に皺《しわ》を寄せていた晶穂が、はっとしたように目を瞠《みは》った。

「おい」男性教師が声を荒らげた。「よそ見をするな。きいてるのか」

「きいてます」晶穂がぼそりと応じた。

「お姉さんに不幸があったのはわかる。先生たちもあまり小言はいいたくないと思ってた。でもいちど注意されたら、こういうことはもう控えるべきだ。だいたい校内に、曽篠のお姉さんのことを知る人間がいると思うか?」

「ネットでもどこでも、情報を集められるなら集めたいので」

「お姉さんの名前はニュースでも報道されていないだろ? きみに迷惑がかからないよう自粛してるんだ。でもきみ自身で触れまわるようでは……」

「わかりました。もうしません。どうもすみませんでした」

晶穂が仏頂面のまま、棒読みのような謝罪を口にした。それでも頭をさげた以上、教師は説教をつづけられなくなった。なおも憤然としながらも教師は、わかればいい、小声でそういった。

うつむきがちな晶穂が、ふたたび桐嶋をちらと見た。ばつの悪そうな顔ながら、ほかにもさまざまな感情がのぞく。反感や嫌悪が強そうに思えた。晶穂は踵《きびす》をかえし、さっさと退室していった。

男性教師が桐嶋を振りかえった。見ず知らずの相手にも、とりあえずの会釈をする。桐嶋もおじぎをかえしたのち、足ばやに廊下へと向かった。

晶穂は逃げるように階段を駆け上っていった。桐嶋は晶穂を追った。往来する生徒らの隙間を縫い、急ぎ踊り場をまわり、たちまち二階に達する。

なぜか晶穂の後ろ姿はすぐそこにあった。廊下に三人の女子生徒が立ちふさがり、晶穂を足どめしている。

髪を明るく染めた女子生徒のひとりが、数枚のビラを晶穂に投げつけた。「こんなもん、人の机のなかにいれてまわってんじゃねえ。縁起でもねえだろ」

小太りのもうひとりが尻馬《しりうま》に乗った。「そうそう。売春婦の妹だけに、姉と同じく非常識かよ」

「は?」晶穂が低い声できいた。「売春婦って。それどういう意味?」

最後の女子生徒が怒りをしめした。「わかってるくせに。ガールズバーの客とつきあっててウリに走ったんだろ。因果応報じゃん」

晶穂は言葉に詰まったのか、なにもいわず視線を落とした。その場にしゃがみこみ、床に落ちたビラを拾いだす。

女子生徒がビラの一枚を踏みにじった。「残りも回収しとけよ、こんなゴミ」

すると晶穂はかっとなり、身体を起こすや女子生徒を突き飛ばした。よろめいた女子生徒が背をロッカーにぶつけた。ほかのふたりが晶穂につかみかかった。ひとりが怒声を発した。「なにしやがんだよてめえ!」

桐嶋は歩み寄った。「まった。こんなところで揉《も》めちゃいけないな」

なんだよクソ教師。そういいたげな目つきを、三人の女子生徒が向けてきた。ところが桐嶋の顔を見るや、たちまち表情を弛緩《しかん》させた。

三人の視線は桐嶋に釘付《くぎづ》けになっていた。うちひとりがうっとりとしたまなざしで、いかにも女子高生っぽい口調に転じた。「あの……。先生ですか? 新しく赴任してきたとか?」

「まあね」桐嶋は嘘をついた。「いまのはまさか、いじめじゃないよね?」

「もちろんです！　あのう、ちょっと遊んでただけで。先生、どこの担任なんですか。教科は？」

晶穂はビラを拾い集めると、そそくさと立ち去っていった。生徒らで賑わう廊下を、小走りに遠ざかっていく。

桐嶋は三人にいった。「まだ担任になってないんだ。わからないことがあったら、いつでも教えてあげるよ。いろいろとね」

女子生徒たちがさも嬉《うれ》しそうな声を発する。桐嶋は軽く片手をあげ、その場をあとにした。あるていど距離を置くや、ふたたび桐嶋は廊下を駆けだした。晶穂が教室の引き戸を入っていくのを見た。桐嶋はそこに走り寄った。

二年C組の教室だった。なかに足を踏みいれると、そこかしこで男女生徒らが昼食をとっていた。後ろのほうに晶穂が着席し、机の上で頭を抱えている。

桐嶋はつかつかと歩み寄っていった。またここの女子生徒らも、顔を輝かせる反応をしめす。今度は桐嶋も脇目を振らなかった。晶穂の腕をつかむ。晶穂が驚きのいろを浮かべた。

「来い」桐嶋はいった。

晶穂の腕を引いたまま廊下にでる。廊下の突き当たりは家庭科室で、その手前の引き戸には、準備室のプレートがかかっていた。桐嶋は晶穂を連れ、準備室のなかに入った。

雑然と物置がわりになっている小部屋で、桐嶋は後ろ手に戸を閉めた。晶穂と向かい合って立ち、桐嶋は小声でいった。「お姉さんの名前を広めちゃだめだ」

晶穂が不審そうにたたずんだ。「なんでここにいるんですか。先生じゃないですよね」

「探偵として潜りこんだ。スマ・リサーチの桐嶋だ」

「ああ。やっぱり……」晶穂が醒《さ》めた顔になった。「姉を死なせた人ですね」

胸に突き刺さるものがあった。それとともに、やれやれという思いも生じる。未成年は酌量をしてはくれない。桐嶋は首を横に振った。「誤解がある」

「なにが？」晶穂の目は潤みだした。「姉はあなたに依頼したんですよね？　でも突っぱねたんでしょう？　姉は泣きながら電話してきました。それが最後の会話だったんです」

「スマ・リサーチときいてたから、ＰＩスクールに行ったのか。僕と話したければ、直接会社のほうに来てくれればいいのに」

「話したかったわけじゃありません。いまの態度で謝る気がないのもわかりました」

「殺人犯を捜そうっていうのか。女子高生のきみがやることじゃないだろ」

璃香にうりふたつの顔が、むきになって抗議してきた。「警察はなにもしてくれません！　あなたはきのうの夜、あの家に来ましたよね？　なんの用だったんですか」

「仕事だよ。探偵としての」

「あれは誰の家なんですか。姉を殺した犯人ですよね？　もう突きとめてるんですか」

「犯人捜しなんかしてない」

晶穂は不満そうに唇を嚙《か》み締めた。「探偵なのに」

「本物の探偵は民事が専門でね。刑事事件に首を突っこんだりしない」

「知ってます。浮気調査とか下劣なことばかりですよね。姉のストーカーを追い払ってくれればよかったのに、それさえもしてくれない」

「警察にまかせておけばいい。被害者の実名も報道されてないんだし、黙っていれば白い目で見られることもない。なのにこんなことをしたんじゃ、きみが不幸になる。進学にしろ就職にしろ不利になる一方だよ」

「わたしの勝手でしょ」

「十七歳なのに毎晩、夜中に外出。原付バイクで片道六十キロ以上を走ったすえ、住居侵入罪を働いてる。ビラを無断で貼ることも軽犯罪法違反になる」

「……通報する気ですか」

「そんなことはしない。でも施設の職員さんに迷惑をかけてるだろ。きみの保護者じゃないか」

「仕事を押しつけられただけの大人です。本当の両親は、姉があんなことになったのに、連絡ひとつ寄越《よこ》さない。大人は誰も信用できません」

「僕もか？」

「あなたは特に」

ため息が漏れる。桐嶋は晶穂を見つめた。「僕には璃香さんの依頼を受ける気があった。そういったらどう思う？」

「口からでまかせ」

「ずいぶん尖《とが》ってるな。まだ十七だろ？　世間もよくわかってないはずだ」

「女子高生が社会を変えることもありえます」

「優莉結衣《ゆうりゆい》の報道にでも感化されたか？　高校事変がらみのことは、根も葉もない噂かもしれないぞ」

「いちどおかしくなった世のなかが、あるていどまともに回復したのは事実です。でも悪いとこはいっそう悪くなった。物価高と貧困のせいで、犯罪も増えてるじゃないですか。大人がしっかりしてないからです」

「僕も含まれるのか？」

「当然でしょう」

「なら名誉挽回《ばんかい》の機会をあたえてくれないか。お姉さんには気の毒なことをした。きみには辛《つら》い目に遭ってほしくない」

「もう充分に辛いです」晶穂はうっすら涙を浮かべていた。「早く学校からでていってください。素性をばらしますよ」

「そんなことはよせ。僕はきみの力になりたいんだ」

「民事専門の探偵になんか頼らない」

すれた女子高生だった。一般論で説き伏せるのには無理があるようだ。桐嶋は頭を掻《か》いた。「しょうがないな。これだけはいっておこう。僕は犯人を知ってるけど、警察の捜査はそこまで達してない。殺人を立証する証拠も皆無。でも犯人は胡散臭《うさんくさ》い人物だから、ほかにも違法行為がありそうだ。だからその尻尾《しっぽ》をつかもうと動いてる」

晶穂が真顔になった。「いまの話、本当ですか」

「ああ。本当だよ」

「姉のために仕返しできそうですか」

「大人の世界だ。もう関わらないでくれ」

「そんなわけにはいきません！　姉のことです」

紗崎玲奈のことが脳裏をよぎる。妹をストーカーに殺されたことがきっかけで、PIスクールを経てスマ・リサーチに入社、対探偵課に所属している。玲奈なら晶穂に同情し、迷わず復讐《ふくしゅう》に手を貸すだろう。だが桐嶋はそんな気になれなかった。玲奈自身、ひところは身も心もぼろぼろになったではないか。もう少しで命すら落とすところだった。

桐嶋はため息まじりにいった。「なあ晶穂さん。ただでさえきみは犯人側から狙われてる。ゆうべ家を掃除にきた奴らに顔を見られた。ただの清掃員じゃなく、ヤクザも同然のゴロツキばかりだったのは気づいただろ？」

「あの人たちがここに来るかもしれないっていうんですか」

「きみの顔はお姉さんそっくりだ。曽篠璃香さんに妹がいたことは犯人も知ってる」

「……犯人が誰なのか、名前を教えてくれますか」

名を知ればいっそう危険になるだけだ。桐嶋は口をつぐんだ。ふたりのあいだに沈黙が降りてきた。晶穂の表情が硬くなった。

ふいに背を向けた晶穂が引き戸に歩きだした。「早退します」

「なに？」桐嶋は面食らった。「まてよ。そんなこと勝手に……」

「親がいないからあるていど自由なんです。施設長もどうせ事後承諾せざるをえないし」

「まっすぐ施設に帰ればの話だろ。外をほっつき歩いたりすれば、また問題になる」

「心配いりません。ちゃんと帰りますから。わたしが学校にいちゃ危険だと教えに来てくれたんですよね？　ちがうんですか？」

晶穂は桐嶋の真意を探りたがっている。すなわちまだ信用を寄せてはいない。無理もなかった。晶穂にとって桐嶋は、姉を見殺しにした酷《ひど》い輩《やから》だ。犯人と変わりはしない。ただ晶穂は本当の殺害犯を知るため、抗争だろうとなんだろうと首を突っこもうとしている。早退したあとも、施設に籠《こ》もる気など微塵《みじん》もないにちがいない。これまでどおり、みずから犯人捜しに動くつもりだ。

桐嶋は晶穂の保護者ではない。早退するという彼女の意思表明に、異を唱えられる立場にはない。複雑な思いとともに桐嶋はいった。「施設へは僕のクルマで送る」

「送る？」晶穂が桐嶋を振りかえった。「教師を装ってるのか、なんなのか知りませんけど、わたしを乗せて校門をでるのは難しいんじゃないですか」

「校門をでて左にまっすぐ、角を折れたところでまってるよ」

晶穂はじっと桐嶋を見つめてきた。なにかいいたげなまなざしだった。けれども晶穂は無言のまま踵《きびす》をかえした。引き戸を開け、ひとり廊下にでていった。

チャイムが厳かに鳴り響く。桐嶋は両手をズボンのポケットに突っこんだ。こういう状況は苦手だ。あの世で璃香が見守っているのなら、きっとじれったく思うにちがいない。

12

桐嶋はランドクルーザーの運転席にいた。ダッシュボードの時刻表示は十三時五十分。もう午後の授業が始まっているだろう。学校から少し離れた路地、道端に寄せて駐車している。

バックミラーには、学校前からこの路地へと折れてくる、丁字路の角が映っていた。桐嶋が先に校門をでてから、もう十分以上が過ぎた。まだ晶穂の姿は見えない。ここに彼女が現れるなど、馬鹿正直に約束を信じすぎただろうか。

スマホが振動した。桐嶋は画面をたしかめた。須磨からメールが着信している。開いてみると、漆久保宗治についての調査結果を添付ファイルで送る、そう記してあった。

漆久保の最終学歴は非公開とされている。だが須磨によれば、高校中退の中卒だったと判明したらしい。父親は幼少期に蒸発、貧しい母子家庭で育った。この母親が半ば育児を放棄していたうえ、酒癖が悪く男にもだらしなく、漆久保は反感を募らせていたようだ。

母親が子供の意思や主体性を無視したためか、漆久保は非情な性格に育った。友達を持たずとも平気で、つきあいのある人間についても、ただ利用価値のみを判断基準として値踏みする。事実として担任教師から同級生、親戚《しんせき》、就職後に出会った上司や同僚まで使い捨てにしてきた。エゴが強く結果至上主義者で、それゆえか事業を興してからは、トントン拍子に規模を拡大していった。

もともと電子機器事業は、幼少期からの機械じかけの玩具《おもちゃ》に対するこだわりから、自分でやるならこの分野ときめていたようだ。漆久保のピュアな好奇心や欲求は、起業家としてプラスに働いた。ベアリングの分野で世界シェア一位を誇るようになったのも、ミクロの領域まで精度にこだわる漆久保の、病的なほど過剰な固執ぶりあってのこと。そういう元社員の証言も得られている。

ノルマを達成できない社員は即座に解雇した。嘘をつくのが得意なため、口八丁手八丁で資産家や金融機関を丸めこむ。それゆえ資金調達に苦労したこともない。罪悪感はいっさい持たず、反省など絶対にありえない。虚偽が発覚した場合も、自分が被害者であるとの理屈をひねりだし、身勝手な復讐心を燃えあがらせる。これはクレー射撃においても顕著だった、桐嶋はそう思った。

傲慢《ごうまん》で尊大な性格の持ち主で、批判されても折れないし懲りない。恐怖や不安を感じにくく、倫理的なためらいもおぼえない。変化や冒険、スリルを好む。後先はあまり考えないが、頭の回転が速いため、窮地に陥ったら容赦なく人を犠牲にし、巧みに難を逃れる。

運動能力には自信がなく、中学までの体育の成績が、常に最低だったことを根に持っていた。身を守ってくれるボディガードを揃えることには、起業当初から熱心だった。スギナミベアリングが成功してからは反社に接近。取り締まり強化により、資金獲得が困難になった暴力団を次々に吸収し、表向きは合法事業を掲げさせ子会社化した。子会社の職種はさまざまだが、そのなかにはハウスクリーニング会社もあった。桐嶋は鼻を鳴らした。昨晩、例の家の清掃に現れたのは、やはり本物の元暴力団員だったか。

ちなみに漆久保の小中学校時代に関わった体育教師は、ここ十年のあいだに、全員が不自然な死を遂げている。証拠はないが漆久保のしわざだった可能性が高い。遺恨が尾を引きがちで、復讐のため凶悪犯罪も辞さない。精神的に未熟だからだろう。

これらを考慮すると、スギナミベアリングが拳銃《けんじゅう》という、弱者を強者に変える武器の製造に手を染めた理由も、おのずから察しがつく。漆久保のなかにある、強さへのコンプレックスが下地にありそうだ。と同時に、グアムからの五万丁の海外製拳銃密輸も、漆久保が関与していてもおかしくないと感じられる。

ただし疑問は残る。スギナミベアリングの子会社にいる元暴力団員は、総勢千人ていどらしい。自社製造品以外の拳銃を配布し、物騒な連中を武装させるつもりだとしても、五万丁は多すぎる。商売にする場合には、逆に五万丁は少なすぎるため、稼げる金額も高《たか》が知れている。スギナミベアリングが企業取り潰《つぶ》しのリスクを冒してまで、無理に密輸を働く動機にはならない。

ファイルの文面は、ふたたび漆久保に関する分析に戻っていた。幼児性を引きずったまま大人になった、そうみなされる言動が多々見受けられる。思考は思春期のままと考えるべきかもしれない。性の捌《は》け口に認定した女に対する執着心、あの常軌を逸したプレイルームならぬプレイハウス、クレー射撃の八百長《やおちょう》で得ようとした稚拙な優越感。すべてにおいて納得がいく。よく結婚できたものだ。妻の節子に関する分析は載っていないが、夫の途方もない額の資産ゆえ、夫婦関係がつなぎとめられているのだろうか。

サイドウィンドウをノックする音がした。桐嶋は驚きとともに顔をあげた。助手席の外に晶穂の顔があった。

ロックを解除する。晶穂が助手席に乗りこんできた。なおも桐嶋は呆気《あっけ》にとられながら晶穂を眺めた。

「なに？」晶穂が見かえした。「来ると思ってなかったとか？」

「まあな」

晶穂はシートベルトを締めた。「施設まで送ってくれるんでしょ？」

「もちろん。約束は守るよ」桐嶋はエンジンを始動させた。ステアリングを切り、ランクルをゆっくりと発進させる。

サイドウィンドウの外を眺める晶穂が、ぼそりといった。「犯人の名前だけでも教えてください」

桐嶋はアクセルを踏みこんだ。学校周辺の住宅街、生活道路のなかを、制限速度内で加速する。「まだ確たることはいえない」

「詭弁《きべん》」

「でかい企業の社長で性格異常者。いまはそれしかいえない」

「脂ぎって、太ってる人ですよね？」

「……お姉さんからきいたのか？」

「そこだけは。上に乗られると潰れるぐらい重いとか。体毛も濃いって」

「憶測に走らないほうがいい。デブで毛深い経営者を見るたび疑わざるをえなくなる」

「片っ端から疑っていけば、いずれ犯人にたどり着くかも」

「向こうが迷惑する。きみも立場が悪くなる」

晶穂は癇癪《かんしゃく》を起こした。「姉を殺した奴をほっとけるわけないでしょう！」

「どうしようってんだ？　そいつの名がわかったら、家を訪ねて呼び鈴を鳴らすのか。たちまち暴力を振るわれるぞ。お姉さんは逃げられなかった。きみもそうなっちまう」

一瞬泣きそうな顔になった晶穂が、また顔をそむけた。「わたしはあなたも正しいとは思ってません」

苛立《いらだ》ちがこみあげたものの、そんな自分の感情自体に、後ろめたさを禁じえない。

この少女の心情を察してやるべきだ。事実がどうあれ、姉の璃香は傷心のまま、この世を去ってしまった。救いを求めたが拒絶された、璃香にそんな失望をあたえたのは、ほかならぬ桐嶋だ。だからこそ晶穂に同じ轍《てつ》を踏ませたくない。

車外を眺める晶穂がささやいた。「本当は姉のことも……。汚らわしい仕事をしてたのなら……」

「きいてくれ」桐嶋はつぶやいた。「璃香さんは純粋にきみの将来を案じて……」

十字路や丁字路に差しかかるたび、桐嶋はけっしてカーブミラーを見落とさずにいた。住宅街の生活道路ゆえ信号はない。それでも停止線の有無にかかわらず、軽くブレーキを踏み、出合い頭事故への警戒を怠らなかった。前後左右に絶えず目を配っている、そのつもりだった。

ところがだしぬけに、視界の端に猛進してくる影をとらえた。狭い交差点に進入する直前、カーブミラーにはなにも映っていなかった。ミラーの反射で補える視野は、せいぜい十数メートル奥までだ。時速百キロ以上で疾走する物体の存在など、こんな場所ではまるで想定されていない。

晶穂に声をかけようとしたが間に合わない。ランクルは車体側面に衝突を受け、瞬時に斜めに傾いた。ふいの轟音《ごうおん》に聴覚が鈍化した。タイヤの接地感覚がない。宙に吹き飛ばされたとわかる。車内の横幅は極端に圧縮され、晶穂と肩が触れあうほどになった。飛散するガラス片のなか、ほんの一秒足らずのあいだに、桐嶋は晶穂に目を向けた。すでに失神したらしい。目を閉じ、口をぽかんと開けたまま、シートベルトに強く押さえつけられている。桐嶋も同じ状況にあった。前方と側面のエアバッグが開き、爆発とともに顔を殴りつけてくる。逆さまになるのを感じた。天井が路面に叩《たた》きつけられ、頭上を圧迫してきた。遠心力に内臓が掻《か》きまわされる。車体は激しく横回転していた。視界前方が高速で回りつづけている。

体当たりを食らわせてきたのはダンプカーだとわかった。時速八十キロ以上は確実にでていた。リミッターを解除してあったのだろう。ランクルの回転の勢いがおさまりつつある。やがて車体が上下逆になったまま、揺れながら静止した。酸っぱい胃液とともに血の味を感じる。それでも意識ははっきりしていた。ただ指が思うように動かない。手の痺《しび》れさえ消えてくれれば……。

そう思ったとき、とっくに砕け散ったサイドウィンドウ越しに、電動シェーバーに似た物体が挿しこまれた。スタンガンだと気づくだけの時間はあった。何者かの手が、スタンガンの先端部を桐嶋の首に押しつけ、スイッチをいれた。目の前に閃光《せんこう》が走り、脳が振動するも同然に麻痺《まひ》した。すべての感覚を失い、桐嶋は暗黒の谷底へと落ちていった。

13

誰かのてのひらが、桐嶋の頭を叩《はた》いた。ひどく気分が悪かった。だがそう感じるのは、意識が戻ったことの証《あかし》でもあった。

男の声がごく間近からきこえた。「起きろこら」

自分の発した唸《うな》り声が内耳に響く。潜水後に耳抜きができなかったときに似ている。ひどく音が籠《こ》もっていた。少しずつ目が開く。視界は薄暗く、照明も微妙で、やけに黄いろかった。ほどなく電球がぶら下がっているとわかった。コンクリート打ちっぱなしの壁が見えている。

桐嶋は背もたれと肘掛《ひじか》けのある椅子に座っていた。ヘッドレストに後頭部をもたせかけ、わずかに天井を仰いでいる。クルマのシートに近い着座姿勢だが、ハリアーやランクルの運転席よりは余裕があった。そうだ、ランクルに乗っていた。ようやくそのことを思いだした。

作業着姿の男がいる。例の家で見かけた清掃員だった。明るく染めた髪の側面を刈りあげていた。年齢は二十代後半か、三十歳そこそこという印象を受ける。

男はこちらに背を向け、診療室にある心電計に似た機械をいじりだした。機械からは十数本の電気コードが床に垂れている。

いきなり強烈な痺れが全身を貫き、桐嶋は激痛にのけぞった。全身のあちこちが焼け焦げるも同然に熱い。思わず前のめりになろうとしたが、後頭部がヘッドレストから持ちあがらない。両腕も肘掛けを離れなかった。

椅子に縛りつけられていた。焦躁《しょうそう》に駆られ、桐嶋は拘束を脱しようともがいた。首や胴体にベルトが食いこんでいる。手首や足首も同じだった。絶えず高電圧を加えてくるのは、それらのベルトではない。身体じゅうに電極がつながれていることを、地肌の触感から知った。

断続的な感電にのけぞる。脳髄までが痺れてきた。五体が燃えあがったかのごとく、想像を絶するほどの苦痛に支配される。桐嶋は歯を食いしばり、がむしゃらに耐えつづけた。

女の呻《うめ》き声が耳に届いた。桐嶋の斜め前方に、もうひとつ同じような椅子があった。椅子はこちらを向いている。身悶《みもだ》えしているのはなんと、全裸の晶穂だった。首や両手両足に革製のベルトが巻きつき、鉄製の椅子に固定されている。白い肌のあらゆる箇所に、無数の鰐口《わにぐち》クリップが噛《か》みついていた。すべてのクリップには電気コードが接続されている。上腕や脇腹、太腿《ふともも》の内側、両乳首までクリップに噛まれていた。

　桐嶋は自分も同じありさまだと気づいた。ふたりとも一糸まとわぬ裸にされ、死刑執行のごとく、電気椅子に拘束されている。クリップのギザギザが肌に突き刺さり、いたるところに血が滲《にじ》みだしていた。

　通電が途絶えると、晶穂の苦しげな呻き声が途絶えた。押し殺したようにすすり泣く声に変わる。晶穂は口をガムテープで塞《ふさ》がれていた。桐嶋とのちがいはその一点のみだった。

　この部屋には見覚えがある。相模原市緑区田名の住宅街の一角、例の家の二階だ。学校の教室を模したプレイルームと、ダブルベッドの寝室のあいだに、こんな拷問部屋があった。いまは何時だろう。窓がないせいで、昼か夜かも判然としない。

　いつしか桐嶋の目の前に、ロングワンピースの老婦が立っていた。白髪頭にウェーブがかかっている。クレー射撃場で会ったときほど、厚化粧が気にならないのは、この薄暗さゆえだろうか。

　漆久保社長夫人、節子が桐嶋を見下ろした。「へえ。着痩《きや》せするタイプだったのね。脱ぐと筋肉質。贅肉《ぜいにく》が全然ないじゃないの。いい身体してる」

桐嶋は声を絞りだした。「こりゃ意外だ。ばあさんの趣味の部屋だったのかよ。悪いけど指名を受けたおぼえはないんでね。割り増しもらわないと」

節子の顔に笑みはなかった。機械の近くにいる作業着に目配せする。作業着がスイッチ類を操作した。

また晶穂の呻き声がきこえた。一瞬の間を置き、桐嶋の全身にも、強烈な痺れが襲った。皮膚をむしりとられるような激痛。だがさっきとは少しちがう。むず痒《がゆ》さのようなものが下腹部に生じている。

痛みを耐え忍ぶため、腕や脚を突っ張らせる。にわかに通電が中断した。桐嶋は脱力し、ぐったりと椅子の背にもたれかかった。

節子が笑った。「大きくて太いのねぇ！　桐嶋君、いまのわかる？　陰茎の付け根と、そこ二センチの場所に取り付けた電極だけ、周波数二十ヘルツ、パルス幅二百マイクロ秒、電流四十ミリアンペアの経皮的刺激を加えたの。こうすると誰でも隆々と勃起《ぼっき》すんのよ」

桐嶋は晶穂を一瞥《いちべつ》した。晶穂は泣き腫《は》らした目を瞬《しばた》かせている。桐嶋を直視しまいと顔をそむけていた。

「あらぁ」節子は晶穂を振りかえった。「どこ見てんの？　これからが面白くなるところなのに。パルス幅と電流を調整すると、射精反射も引き起こせるのよ」

電気そのものは苦痛にちがいないが、精神的にはまるで応《こた》えなかった。この種の辱《はずか》しめはいっこうに気にならない。桐嶋は笑ってみせた。「あきれたな。斬新な死刑台かと思ったら、老いぼれ旦那《だんな》のインポ治療椅子だったか」

軽口での挑発は賢明ではない。桐嶋は身をもってそれを思い知らされた。さっきよりはるかに痛烈な電流が、いきなり骨の髄まで駆けめぐった。今度は桐嶋ひとりにのみ通電したらしい。晶穂の呻き声はきこえなかった。

死にものぐるいで苦痛に耐えるうち、ようやくまた通電が途絶え、身体の隅々までが弛緩《しかん》した。心拍が異常なほど亢進《こうしん》している。せわしない脈拍が耳のなかにこだまする。全身の肌から汗が噴きだしていた。いま身体が濡《ぬ》れるのは好ましくない。

節子が冷やかにささやいた。「叫ばないのね」

「壁が防音なのは知ってる」桐嶋は応じた。

「ここが死刑台って解釈、まちがっちゃいないの。身体が燃えるように熱くならなかった？」

「錯覚だろ」

「そうでもないの。実際に電圧を上げると、体温が六十度を超えるのよ。血液が沸騰するし、頭髪や皮膚も焼けただれてくる」

「見たことあるような物言いだな」

「そりゃ死刑執行も初めてじゃないし」

「あー。どうりで自前のプレイハウスが必要だったわけだ。老夫婦が揃って屍姦《しかん》が趣味とは、そこいらの風俗店で面倒を見きれるわけがない」

節子が睨《にら》みつけてきた。「主人もわたしも自由恋愛を貫いてるの。お互いを尊重しあってるからできることよ。それぞれ使い捨てのパートナーを見つけては戯れるけど、遊ぶのは相手が生きてるあいだだけ。殺すのは飽きてから」

「俺は辞退したいね。あんたなんかと絡むぐらいなら死んだほうがましだ」

「桐嶋君がいかに拒絶しようとも、電圧を加えておけば、ちゃんと勃《た》つものが勃ちつづける。こっちに不自由はないのよ」

「ばあさん。俺を肉ディルドにして、十七の女の子がいる前で、ここに跨《また》がろうってのかよ。そこにいる作業着の兄ちゃんも気の毒なこった。電圧を調整しながら、性悪ばあさんの汚ねえ尻《しり》を拝まなきゃいけねえとはな。いったいいくらもらえば割に合う？」

神経を引きちぎるような刺激が、急速に股間《こかん》から全身にひろがりだした。一秒足らずのうちに耐えがたい激痛へと発展した。今度の通電はさっきより酷《ひど》かった。歯の根が緩んでくる。五臓六腑《ごぞうろっぷ》が分解し、喉《のど》をこみあげ、気管が詰まりだす。実際にはありえないかもしれないが、たしかにそんな感覚にとらわれる。あまりの苦しみに悶絶《もんぜつ》するしかなかった。

作業着がスイッチを切った。通電がおさまると、全身の力が抜けた。桐嶋は息も絶えだえになっていた。

節子が低い声でたずねてきた。「なんで夫を尾《つ》けまわすのか教えてくれる？」

「人殺しだろ」桐嶋はつぶやきを漏らした。「あんたの旦那は曽篠璃香さんを殺した」

「それだけ？」

「ほかにも悪行があるのか。ならぜんぶ暴いてやる」

むっとした節子が作業着を押しのけ、みずから機械に向き直った。「わたし、あなたは嫌いじゃないけど、小娘は嫌い。若いと思っていい気になってるでしょ。先に小娘の肌をぼろぼろにして、醜悪な見てくれにしてやる」

晶穂が涙ながらに甲高く呻いた。口をガムテープで塞がれたまま、必死で身をよじっている。

「やめろ」桐嶋は動揺せざるをえなかった。「彼女に手をだすな」

節子は向き直らなかった。「あなたと遊んであげたいけど、ほかの女がいちゃ気が散るし」

「俺だけを相手にしてろ。彼女はなにもしてない。放してやれ！」

「なにもしてない？　この家に勝手にあがりこんだ罰を受けてもらわなきゃ。ねえタカヒト。いきなり二千ボルトじゃ気を失っちゃうでしょ。それじゃつまらない。生体機能の制御が失われるのは何ボルトぐらい？」

タカヒトと呼ばれた作業着が機械を指さした。「そのレバーの赤いあたりです」

「ああ、これね。筋肉の緊張がいっさい喪失するから、排便や排尿を自制する機能もなくなる。なにもかも垂れ流しってこと。桐嶋君、くさくなるけど勘弁してよ」

晶穂が顔面を紅潮させ、ひたすら泣きじゃくっている。桐嶋は怒鳴った。「やめろ！」

「いいから」節子が機械に手を伸ばした。「そこの特等席でゆっくり見物しててよ。いずれあなたも同じ目に遭うんだから」

「警察が黙っちゃいないぞ」

「なにそれ？　もうちょっと利口かと思ってた。いまさらお巡りさんにいいつけるって？　ばかばかしい」

「通報の必要はない。警視庁捜査一課が動く」

「あなたはしがない調査会社の探偵でしょ。その情けない姿を写真に撮って、永遠に恐喝してあげてもいいのよ」

「調査会社の依頼主《クライアント》が誰か知らないのか」

「誰よ」

「捜査一課」

「くだらない。刑事が探偵を頼るなんて、安物の小説じゃあるまいし」

「スマ・リサーチに出入りする顔ぶれぐらい、確認しといたらどうなんだ」

「へえ……。次はいつ来るっていうの？」

「きょうは何日だ？　俺が御殿場の学校に行ってから、丸一日経ってるのか？　予定では午後に捜査一課長の訪問がある」

節子の顔いろが変わった。じれったそうにタカヒトと視線を交錯させている。その苛立《いらだ》ちぶりから、まだ時間的余裕がある、桐嶋はそう見当をつけた。

ノックもなしにドアが開いた。スーツ姿の肥満体、漆久保宗治が入ってきた。室内を見まわすや、漆久保は妻に不満をぶつけた。「なんだ。まだ済んじゃいないのか」

「それがね」節子は夫にぶつぶつと申し立てた。「きょうの午後、捜査一課長がスマ・リサーチを訪ねるって」

漆久保は表情を険しくしたものの、鼻息荒く桐嶋に歩み寄ってきた。「別件で訪問するだけだろう」

「そう思うのは勝手だけどな」桐嶋はハッタリを口にした。「じつはあんたに関する調査依頼だ。警察が表立って動けないから、うちに相談してきた」

「民事が専門の探偵に?」

「あんたも油断するだろうからな」

「なにを調べる?」

「曽篠璃香さん殺害について、杉並署はなんの証拠もつかめなかったが、警視庁はあきらめてない。もっと大きな犯罪を浮き彫りにするためにも」

「なんの話だ」

桐嶋は手応えを感じた。漆久保はなにかを気にしている。妻も同様だった。いま追及されては困る、なんらかの重大な犯罪に、夫妻揃って関わっている。それがなにかはまったくわからない。だが桐嶋は堂々といった。「自分がいちばんよくわかってるはずだ」

漆久保が猜疑心《さいぎしん》に満ちた目を向けてきた。事実か欺瞞《ぎまん》か、どちらに認定すべきか迷っている。捜査一課長が裏で動く可能性がある、漆久保がそこまで信じるほどの、とてつもない規模の犯罪らしい。

節子が小声で夫に進言した。「スマ・リサーチを見張らせてるんだから、報告をきいてからでも……」

しばし沈黙があった。漆久保の腫《は》れぼったい目が、桐嶋の裸体をじろじろと眺める。次いで晶穂に向き直った。

桐嶋は漆久保に警告した。「璃香さんのときより罪が重くなる。未成年相手の姦淫《かんいん》は、それ自体が罪だからな」

漆久保が桐嶋に視線を戻した。「そんなつもりがあるなら、鰐口《わにぐち》クリップで傷物にしたりせん。顔は似てても、未成熟な子供となると、まるでそそられん。姉の代用品にはなりえん。好みの女なら、ほかに山ほど拾っとる」

「それだけ罪を重ねてるわけだ」

「私が心配しとるのはおまえだ。いったいなにをつかんどるのか」

「ああ。俺が会社に連絡しなきゃ、捜査一課長が怪しむだろうな」

おそらくいまも漆久保の部下が、汐留のスマ・リサーチ社を監視している。社内に盗聴器を仕掛けていないことを祈るばかりだ。坂東が出入りする姿だけ、遠目に確認してほしい。じつは捜査一課からの依頼などなく、なにも知らないことがあきらかになれば、桐嶋も晶穂も生きてはいられまい。

だが漆久保は、そこまでまつ意思があるのかないのか、作業着のタカヒトに命じた。

「桐嶋に五百ボルトで二十ミリアンペア。璃香の妹に四百八十ボルトで十八ミリアンペアだ」

晶穂が大粒の涙を滴らせ、呻《うめ》き声を発しながら、激しく首を横に振った。

桐嶋も焦躁《しょうそう》に駆られた。「やめろっていってるだろ！　俺に二倍の電流を寄越《よこ》せ。彼女を傷つけるな！」

けれども通電は晶穂のほうが早かった。晶穂の嘶《いなな》くような、苦痛に満ちた唸《うな》り声を耳にした直後、桐嶋の全身も痺《しび》れだした。苦痛が大波のごとく体内にひろがり、新たな領域まで蝕《むしば》んでくる。叫びをあげずにはいられないほどだ。地獄のような幻覚が生じ、全神経を引き裂こうとする。桐嶋の意識は急速に遠のいた。五感がフェードアウトするような生やさしいものではない。業火に焼かれながら深い谷底に突き落とされていく。いつ果てるとも知れない垂直落下がつづく。抗《あらが》おうにも手足は自由にならない。暗黒の悪夢に呑《の》まれていく……。

14

嘔吐《おうと》の衝動とともに意識が戻った。

桐嶋はなにも吐かなかったが、代わりに激しくむせた。体勢が息苦しい。側臥位《そくがい》、すなわち横向きに寝ていたが、そのせいで胸部が圧迫され苦しくなった。咳《せ》きこみながら身体を起こす。

めまいが襲った。全身の感覚が鈍い。てのひらが床に触れた。硬く冷たい床材だった。そのわりには体温が奪われていない。裸にガウンを纏《まと》っていることに気づいた。蛍光灯に照らされたガウンのいろはグレーだった。肌触りからカシミア製とわかる。床にも目を向けた。寄木細工風のフローリングで年季が入っている。寒さを感じると同時に、肌にひりつく痛みをおぼえた。

ガウンの襟をそっと持ちあげてみる。胸部のあちこちに噛《か》まれたような傷があった。鰐口クリップの痕《あと》だった。血が滲《にじ》んでいるが、永遠に残るほどの負傷ではなさそうだ。とはいえガウンの裏地が触れるだけでも、電気が走るも同然の鋭い痛みを生じる。かといって裸になったのでは、この低温を凌《しの》ぎきれない。

ようやく視線があがった。やけに広い部屋だった。なにもなくがらんとしている。壁は音楽室で見かけるような吸音材で、小さく細かい穴が無数に開いていた。外に面した窓は皆無だったが、隣の部屋とのあいだに、ガラスが嵌《は》めこまれた開口部がある。その向こうの部屋は、こちらより狭いものの、やはり吸音材の内壁だった。

ここはもともと録音スタジオか、あるいはダンススタジオで、ガラスの向こうはサブ室だったのだろう。機材などはいっさい搬出され、いまは空き部屋だった。天井には蛍光灯が並ぶ。それらが室内にある唯一の設備になる。壁を見まわしてもスイッチの類《たぐ》いはいっさいない。コンセントも目につかなかった。

桐嶋はゆっくりと立ちあがった。とたんに足がもつれ倒れこみそうになる。ふらつきながらも歩きだした。片方の膝《ひざ》を曲げると激痛が走る。足をひきずりつつ、サブ室とのあいだのガラスに近づいた。

開口部の枠の内側を見ると、分厚いガラスが何重にも嵌めこまれているとわかる。体当たりで割れるようなしろものではなかった。ガラスの向こうをのぞいてみる。サブ室もこちらと同じく、蛍光灯の明かりの下、すべての備品が撤去されていた。ただし床に白いバスローブ姿が横たわっている。晶穂だった。

「晶穂さん」桐嶋は呼びかけた。ガラスを両手で叩《たた》く。コンクリート壁のように硬く、いっさいの振動を生じない。サブ室に音は伝わらないだろう。

そう思ったとき、晶穂の身体がわずかに動いた。バスローブが床にこすれる音が、桐嶋の耳に届いた。かすかな呻き声もきこえる。

なぜ音が漏れているのか。桐嶋はガラスの表面を見渡した。すると一か所に、刑務所の面会室にあるアクリル板と同じく、通声穴らしきものがあった。直径十センチほどの円内に、細かい穴がたくさん開けてある。最初からそうなっていたわけではなさそうだ。穴はドリルで開けた痕跡《こんせき》が見てとれる。

桐嶋は通声穴に口を近づけた。「晶穂さん」

晶穂の肩がぴくっと動いた。少しずつ頭が持ちあがる。やつれきった青白い顔が、ガラス越しに桐嶋をとらえた。

蚊の鳴くような声で晶穂がささやいた。「桐嶋さん……」

目鼻立ちが姉に似ていても、やはりまだ十七の幼さを漂わせる。晶穂は涙ぐみながら身体を起こした。おぼつかない足どりでガラスに近づいてくる。途中、自分がバスローブを着ていることに気づいたらしい。襟を掻《か》きあわせると、すがりつくように片手をガラスに這《は》わせた。晶穂が泣きながら呼びかけた。「桐嶋さん」

「だいじょうぶか。深刻な怪我は？　出血したりしてないか」

晶穂は当惑ぎみに、バスローブの襟の下をのぞきこんだ。「小さな傷はいっぱいあるけど……。たぶん平気だと思う」

「僕と同じていどなら、軟膏《なんこう》を塗りゃ治るだろう。どこまでおぼえてる？」

「桐嶋さんと一緒に……。電気を……」

「ああ。僕もそこまでだ」

ため息とともに、晶穂は額をガラスにくっつけ、力なく視線を落とした。「殺されるかと思った」

あのとき漆久保がいった。桐嶋に五百ボルトで二十ミリアンペア。璃香の妹に四百八十ボルトで十八ミリアンペア。死に至らしめるほどの電圧と電流ではなかった。むしろ一瞬にして気絶させることを目的としていた。

晶穂は心細そうに室内を見まわした。「ここは？」

「例の家じゃないな。鉄筋コンクリートのビルだと思う」

徐々に記憶がはっきりしてきたらしい。晶穂の顔に恐怖のいろが浮かびだした。

「あの人たちが、お姉ちゃんを……」

「ああ。最後に部屋に入ってきたデブが漆久保宗治。その前から室内にいたばあさんが、妻の節子。漆久保はスギナミベアリングの社長だよ」

「わたしたちが殺されずに済んだのは……。桐嶋さんの会社が、警察の依頼を受けてるから？　警察が助けに来てくれる？」

まだ生かされているからには、たぶん漆久保が派遣した監視役が、スマ・リサーチ社に坂東が出入りするのを見たのだろう。ハッタリが功を奏したことになる。桐嶋とスマ・リサーチ社が捜査一課の依頼を受け、スギナミベアリングを調査している、漆久保はその可能性を否定できなくなった。なんらかの重大犯罪について、漆久保は警察に知られることを恐れている。璃香の殺害やクレー射撃の詐欺行為などより、はるかに罪深い、なにかに手を染めている。

桐嶋はあえてさらりといった。「警察はきっと来るよ。あいつらがでかい犯罪に取りかかってることも調べがついてる」

「どんな？」

表情を変えないよう努めた。実際にはなにもわかっていない。捜査一課から依頼があったというのも事実に反する。ただのブラフ、でたらめだ。しかし晶穂とふたりきりだからといって、事実は打ち明けられない。ここに盗聴器がないはずがない。

いまはチェスの対局と同じだ。ひとつずつの発言が一手にあたる。へまをすればたちまち追い詰められてしまう。

漆久保の重大犯罪について、ことさらに知っていると強調するのは逆効果だ。なぜなら漆久保は、桐嶋が盗聴器の存在に気づかないはずがない、そんな前提で会話をモニターしているからだ。つまり桐嶋の発言はすべて、漆久保にきかせたがっていると受けとられる。

桐嶋はつぶやいた。「きみが知らなくてもいい」

晶穂がせつないまなざしを向けてきた。「でも……」

「頼む。爆弾を抱えるのは僕ひとりでいい。きみは無知なままでいたほうが、帰れる確率も高まる」

この言い方に留《とど》めるしかない。漆久保の逮捕は確実だとか、とんでもない秘密を握っているとか、声高に謳《うた》えば漆久保が疑う。真偽がはっきりせず、漆久保が躊躇《ちゅうちょ》せざるをえない、そんな微妙さを維持してこそ、桐嶋と晶穂の命はつながれる。

漆久保にしてみれば、もし本当に捜査一課が動いているのなら、桐嶋を抹殺するのは賢明ではない。スマ・リサーチ社は桐嶋と連絡がとれなくなったら、そのことを捜査一課に報告するだろう。とたんに警察の動きが活発化し、スギナミベアリングへの監視が強まってしまう。漆久保にしてみれば、なんらかの重大な犯罪計画が実行できなくなる。

晶穂の身の安全についてもそうだ。もともと家出がちだったため、しばらく連絡がとれずとも、学校や施設は騒がない。だが捜査一課が漆久保の犯罪を嗅《か》ぎつけたとなれば、姉の殺人事件についても関連が捜査されるかもしれない。漆久保がそれを危惧《きぐ》すればこそ、妹は生かしておこうと考える。桐嶋が漆久保をマークしつづけているあいだは、警察も静観するだろう。それが漆久保にとって賢明な判断になる。

桐嶋からスマ・リサーチ社に無事の連絡をさせねばならない、漆久保はそう思っているはずだ。そのときこそ桐嶋と晶穂にとって、外部に助けを求められる唯一のチャンスになる。

なんにせよまだ生きている。漆久保に関する調査がどこまで進んでいるか、それが不明瞭《ふめいりょう》であるがゆえ、奴らは桐嶋に手をだせずにいる。風前の灯火《ともしび》にはちがいないが、首の皮一枚つながっていた。

晶穂の頬を涙がつたった。震える声で晶穂はささやいた。「日本でこんなことが起きるなんて。遠い外国かどこかの話だと思ってた」

「そうでもないよ」桐嶋は穏やかに応じた。「全国に二十四の指定暴力団がある。拉《ら》致《ち》監禁や誘拐が年間六百件以上」

「そんなに……？」

「ああ。きみがいったとおり世のなかは悪くなってる。組織犯罪もまた増加傾向だ。金のある奴がこんな真似をするのは、全然めずらしくない。ニュースでもよく観るだろ？」

「観たことはあるけど……。関わったりはしないと思ってた」

ふつうに生きていればそのはずだった。一般人が裏社会から目をつけられるのは、たいてい闇金に手をだしたのがきっかけになる。あるいは違法風俗店で働いたとか、振りこめ詐欺の受け子を引き受けたとか、そのあたりだろう。特殊な事情がなければ、つながりを持つことはない。

だが純然たる反社組織ではなく、表向き合法企業を装う、いわば隠れ反社は容赦しない。漆久保は隠れ反社だ。璃香もただガールズバーで働いただけだった。漆久保に執着されたことで、彼女の運命は暗転してしまった。妹の晶穂も、姉のことがなければ巻きこまれなかった。

晶穂が力なくつぶやいた。「わたしなんかが首を突っこんでいい世界じゃなかったんですね」

「きみは純粋にお姉さんのために動いた。その思いは誰にも否定できない」

「でもこんなことに……」

「心配はいらない。絶対に助かる。僕があいつらの弱みを握ってる以上は」

やや強調しすぎただろうか。漆久保の腫《は》れぼったい目が猜疑《さいぎ》心《しん》に満ちてくる、そんなさまが容易に想像できる。けれどもいま晶穂を励ますには、ほかにいいようがなかった。

いきなり物音がした。桐嶋からは見えなかったが、サブ室の壁にドアがあったらしい。それが開け放たれたようだ。ガラスの向こうに踏みこんできたのは、スキンヘッドで丸顔に口髭《くちひげ》、肥満体のクロだった。作業着ふたりを従えているが、いずれも見知らぬ顔だとわかる。この手合いは大勢いるにちがいない。

クロがガラス越しに桐嶋を見た。眉《まゆ》のない目を細め、にんまりと笑った。九官鳥のように甲高い声でクロがいった。「連れてけ」

作業着のふたりが晶穂につかみかかる。晶穂は悲鳴を発した。取り乱しながら必死に抵抗し、手を振りほどこうとする。するとクロが歩み寄り、平手で晶穂の頰を張った。

桐嶋は怒鳴った。「よせ！」

一撃で晶穂は床に叩《たた》き伏せられた。作業着らが引き立てると、晶穂は鼻血を噴いていた。真っ赤な顔で泣きじゃくる晶穂が、力ずくで連行されていった。サブ室にはクロひとりだけが残った。

激しい憤りが生じる。桐嶋は衝動的にこぶしでガラスを殴った。むろん亀裂《きれつ》ひとつ走らない。クロは奇声に似た笑い声を発し、ぶらりとドアに向かった。

ほどなくドアが閉じる音がした。サブ室は無人になった。

桐嶋はガラスに手をかけたまま、ずるずるとへたりこんだ。堪《こら》えようのない怒りに身体が震えてくる。思わずつぶやきが漏れた。畜生。唇を嚙《か》みつつ室内を見渡した。

このスタジオにもドアがひとつある。ふたたび身体を起こしドアに歩み寄った。把《と》っ手《て》をひねったが、やはり鍵《かぎ》がかかっている。頑丈そうなドアだった。蹴破《けやぶ》れるとは思えない。

天井を仰いだ。蛍光灯が連なっている。ソケットから配線を引っ張りだしても、たいした長さにはならない。電気でスパークさせたところで、ドアの錠が破壊できるとは思えない。火事を起こせば自分が焼け死ぬだけだ。ほかに方法はないのか。

思考が鈍くなった。なぜか頭が働かない。桐嶋はひざまずいた。激しく首を振ったが、意識は朦朧《もうろう》とするばかりだった。

おかしい、どうにも眠くて仕方がない。酸素が不足しているのか。かすかに独特の香りがする。マーカーペンのインクが放つにおいに、甘酸っぱさが加わっていた。ハロタンか。外科手術用の麻酔として使われる。交感神経を抑制する吸入麻酔薬だった。きわめて気化させやすい。

全身の力が抜けていく。桐嶋は突っ伏した。冷たい床に身体がぶつかる、その痛みを感じる間もないほど、急速に眠りに落ちていった。

麻酔薬による睡眠からの目覚めは、朝の起床とは異なる。徐々に意識が戻るのではなく、急に状況が切り替わったように感じる。桐嶋ははっとして跳ね起きた。

あいかわらずスタジオらしき室内にいる。ドア付近に倒れたはずが、部屋の真んなかまで戻されていた。

近くにはビニールの包装に入った菓子パンと、小さな紙パックの野菜ジュースが、ひとつずつ置かれている。囚人に差しいれられた飯か。まだ長く監禁する気のようだ。紙パックを手にとってみる。賞味期限は来年の三月十二日。製造から約四か月後が賞味期限に設定されている。桐嶋は顎《あご》に手をやった。髭《ひげ》はほとんど伸びていない。さほど日数が経っていない、そう推測すべきだろう。眠っているあいだに髭を剃《そ》られたのでないかぎりは。

めまいを堪えながら立ちあがった。ガラスの向こう、サブ室には誰もいない。ドアにも近づいたが、やはり施錠されたままだった。

うろつきまわっても始まらない。体力を温存する必要もある。桐嶋はまた床に座りこんだ。食料には口をつけなかった。奴らが投げこんだ餌を食す気にはなれない。負けを認めるようなものだ。

そのうち異臭を感じた。前と同じにおいだった。焦躁《しょうそう》に駆られ、立ちあがろうとしたものの、身体に力が入らない。意識はまたも遠のいていった。

ふたたび気化麻酔薬から覚醒《かくせい》した。部屋のなかはなにも変わっていなかった。しばらく空腹に耐えていると、異臭とともに睡魔が襲う。気を失うも同然に眠りに落ちた。同じことが何度か繰りかえされた。

菓子パンと野菜ジュースの置かれている位置は、ずっと変わらない。この寒さでは腐りにくいのだろう。餌の入れ替えもないようだ。胃のなかはすっかり空っぽだった。だがまだ耐えられる。飼い犬に成り下がる気は毛頭ない。

さらに幾度となく睡眠と覚醒が反復する。衰弱が激しい。床を這《は》いまわるのがやっとだ。桐嶋は顎をさすった。髭の伸びぐあいから察するに、一週間足らずが経過したか。だいぶ痩《や》せたのを自覚する。

実際には警察がバックについていない以上、須磨所長は職員の身をさほど案じない。桐嶋についても、好きに調査活動をさせようとするのが、スマ・リサーチ社の方針だった。とはいえこれだけ音信不通がつづけば、さすがに心配し始めるだろう。漆久保もそろそろ桐嶋に、職場への連絡をとらせようとするのではないか。

そう思ったとき、ふいにドアを解錠する音が響いた。開いたドアの向こう、クロが仁王立ちしていた。クロは手にした荷物を床にぶちまけた。クリーニング済みらしきスーツ一式。タオルと剃刀《かみそり》、石鹸《せっけん》。

クロの甲高い声が響き渡った。「立て。風呂《ふろ》に入って身綺麗《みぎれい》にしろ。外出する」

跳ね起きて突進してやろうかと思ったが、まるで力が入らない。クロの背後に作業着が大勢詰めかけているのも見える。飛び道具も備えているだろう。いま素手の喧嘩《けんか》を挑むのが利口とは思えない。

だが漆久保が痺《しび》れを切らしたのはあきらかだ。桐嶋を外にだし、職場に連絡させようとしている。どんな手が使えるか、その場になってみないとわからない。とはいえ希望の光が射してきた。

さもおっくうそうに立ちあがってみせた。急げとクロが目でうったえてくる。桐嶋はクロを無視しながら、床に散らばった物を拾い集めた。少なくとも同僚と言葉を交わせるか、メッセージを送ることが許される。閉塞《へいそく》状態を打開する機会はその一回きりにちがいない。

15

ビルの廊下は窓がなく、浴室まで案内されるあいだ、桐嶋はまったく外を見られなかった。タイル張りの風呂で身体を清潔にし、髭を剃ったのち、スーツを着た。やはり痩せたのがわかる。自分の服だというのにやや大きい。

クロと作業着らは廊下でまっていた。剃刀はしっかり回収されたのち、エレベーターへと連れて行かれた。階の表示により十五階建てのビルだとわかった。

着いたのは地下駐車場だった。そこにも大勢の作業着がまちかまえていた。晶穂の姿はない。大型ワンボックスカーの車体側面、スライドドアが開け放たれている。トヨタのアルファードだった。桐嶋は車内に押しこめられた。作業着も四人ほど一緒に乗りこんでくる。

桐嶋が座ったのは三列シートの真んなかで、隣にクロがいた。後ろの席の作業着らが、絶えず桐嶋を注視する。クルマは静かに走りだした。スロープを上ると陽光が射す。一見して都心とわかるビル街にでた。

サイドウィンドウの風景には馴染《なじ》みがあった。JR高輪《たかなわ》ゲートウェイ駅付近、第一京浜《けいひん》を走っている。高輪郵便局や三田《みた》警察署とは逆方向、品川《しながわ》方面に向かうようだ。道路の混みぐあいと太陽の角度から、平日の午後二時すぎと考えられる。

港区《みなと》三田三丁目にはスギナミベアリングの営業拠点がある。さっきまでいたビルがそれだろう。このアルファードは、サイドウィンドウにスモークフィルムが貼られていない。歩行者がじっと見つめれば、桐嶋の顔も確認できるはずだ。

漆久保はわざとそうさせているにちがいない。スマ・リサーチ社が桐嶋の身を案じ、スギナミベアリング関連のビルをマークしているのなら、これで存在が目にとまる。桐嶋が拘束されているとすれば、車内が丸見えのクルマに乗るはずがない。よって桐嶋は無事、スマ・リサーチ社がそう判断することを、漆久保は狙っている。

ドライブはさほど長くなかった。アルファードは第一京浜を直進したのち、歩道に寄せ停車した。スライドドアが開く。作業着姿は人目もはばからず、ぞろぞろと歩道に降りていく。クロが桐嶋に降車するよううながしてきた。

桐嶋は車外に降り立った。歩道を人々が行き交う。いま桐嶋が大声で助けを求めれば、誰かが通報するだろう。歩行者がスマホカメラで動画撮影し、ネットに上げるかもしれない。

だがそれは不可能だった。クロの満面の笑いを見れば意図がわかる。晶穂が人質にとられている。余計なことをしでかせば彼女の命はない。

目の前にガラス張りの瀟洒《しょうしゃ》なビルがあった。作業着の一行とともに、スーツ姿の桐嶋が歩道を横切る。クロも特に脅す素振りをしめさない。スマ・リサーチ社の監視には、問題なしととらえられる。桐嶋はスギナミベアリングの社員らと接触し、調査活動を継続中。須磨所長にはそう伝えられるだろう。緊急のサインを送ろうにも、そんな事前の打ち合わせはしていない。だいいち近くに仲間がいるとしても、どこから見張っているかさえわからない。

ビルのエントランスには、警備員と受付嬢のみが配置され、よそ者を寄せつけない。どんな用途のビルかも不明だが、むろんスギナミベアリングの所有だろう。エレベーターで階上へと向かう。七階で止まった。扉が開いた向こうは、全面ガラス張りのフロアで、外の景色がよく見える。たしかに七階の高さだった。

モダンなデザインのソファがいたるところにある。ガラスを向いたソファに、漆久保の巨体が押しこめられていた。派手なチェックのスーツを着ている。ブルドッグのような顔が振りかえった。桐嶋を目にしたものの、立ちあがったりもせず、また外の風景に向き直った。

クロと作業着姿が桐嶋を囲むように連行する。小さなサイドテーブルを挟み、漆久保と並ぶソファに、桐嶋は腰かけるよう指示された。ふたりとも窓の外を眺めながら座った。作業着の群れはふたりの後方で、遠巻きに見張りだした。クロもそのなかに紛れている。

漆久保がきいた。「なぜここに連れてきたかわかるか」

桐嶋はうなずいた。「都心で七階の高さ。監視する探偵がいれば、そこいらじゅうのビルに上って、こっちのようすをうかがえる」

「そうだ。見てわかると思うが、ほかのビルは無数にあって、しかもそれなりに離れとる。おまえのお仲間がどこにいるか、こっちから探すのは不可能だ。だがあっちは双眼鏡かなにかで見張ってるだろう。ここは私のビルだ。スマ・リサーチ社もマーク中にちがいない」

スギナミベアリングの営業拠点から、車内丸見えのアルファードに乗り、堂々と歩道を横切り、このビルに入った。そんな桐嶋の姿に、同僚の探偵が気づかないはずがない。だが漆久保はひとつ思いちがいをしている。そこまで大勢の監視はいない。スマ・リサーチ社は捜査一課の依頼など受けていないからだ。

漆久保は外の風景を眺めた。「おまえのいったとおり、スマ・リサーチ社に坂東捜査一課長が出入りするのを、私の雇った探偵が確認した。だからこうしておまえの健在ぶりをアピールしとく。なにごともなく調査中なら、スマホがつながらないからといって、連中が性急に動いたりしないだろうしな」

「あんたが雇った探偵？」桐嶋は鼻を鳴らした。「窪蜂の後任じゃ、今度も期待できないだろうな」

「そうでもない。対探偵課のやり方に精通してる凄腕《すごうで》を選んだ」

靴音が近づいてきた。質のいいスーツの長身が桐嶋を見下ろした。猪首と肩幅の広さから、かなり鍛えているとわかる。短くした黒髪はアスリートのようでもある。年齢は三十代半ば。浅黒く日焼けした顔に鋭い眼光、割れた下顎《したあご》の持ち主。桐嶋は嫌悪感をおぼえた。知っている男だった。

「よう」男が不敵に挨拶《あいさつ》した。「また会ったな」

桐嶋は座ったまま応じた。「藤敦《ふじつる》。いつ以来だ？」

「三年前の大阪御堂筋《みどうすじ》。おまえがうちの探偵を尾《つ》けまわし、俺が返り討ちにしてやった。肩を脱臼《だっきゅう》したろ？　忘れたか」

「そっか。すっかり記憶にない」

本当はおぼえている。かつて須磨の提案で、東京の調査業各社がいっせいに対探偵課を設立したことがある。あれ以降スマ・リサーチ社を執拗《しつよう》にマークする男がいた。

武田《たけだ》探偵社の藤敦甲磁《こうじ》、すなわち他社の〝探偵の探偵〟だった。藤敦はとにかくしつこい。こちらの手の内を難なく読む。須磨や桐嶋に思考が近いのだろう。一匹狼だが疲れ知らずに標的を追う。スマ・リサーチ社の対探偵課は、探偵を罠《わな》に嵌《は》めるのを得意とするが、藤敦はさらに盲点を突き反撃してくる。

藤敦も隣に着席した。桐嶋は漆久保と藤敦に挟まれ、三人が横並びに外の風景を眺める。

漆久保が世間話のような口調でいった。「どうかね、桐嶋。スマ・リサーチ社は、おまえが危機に瀕《ひん》しているとは、露ほどにも思わんだろうな。したがって警察も動かん。ちがうか？」

「天敵の藤敦が一緒にいる以上、穏やかならぬものを感じるかもな」

だが藤敦は平然と首を横に振った。「いや。対探偵課どうしの静かな睨《にら》み合い、駆け引きの真っ最中と思うだけさ。おまえの職場は平穏そのものだぜ？　けさもいつもどおり朝礼をして、のんびり業務にとりかかってる」

桐嶋は異を唱えた。「そう見せかけてるだけで、ここもしっかり監視してるだろうよ」

「ならこれで須磨所長も安心しただろう。おまえの調査活動は順調に継続中。スマ・

リサーチ社はおまえからの報告をまつだけになる」

「じつは俺がひそかに〝助けてくれ〟のサインを送る可能性もあるだろ」

「ないな。俺の知るかぎり、スマ・リサーチ社の対探偵課に、そんなサインの取り決めはない」

漆久保が小馬鹿にしたようにつぶやいた。「救出を求める世界共通の手話というのがある。親指を握りこむんだったか。桐嶋、ここでそんな真似をしてみろ。晶穂が姉のもとに行くことになる」

桐嶋はじれったさを嚙《か》み締めた。漆久保は桐嶋に職場への連絡をとらせない。代わりに桐嶋がこうして、なんら問題なげに漆久保と対話している、そのさまを見せつけようとしている。たしかに効果的だった。須磨所長は静観を決めこむだろう。警察が動くこともありえない。本当は捜査一課の後ろ盾などないのだから。

ただし効果は永続しない。今後さらに何週間も、桐嶋からの連絡が途絶えれば、やはり須磨所長は事情をたしかめようとするだろう。漆久保にとっては、捜査一課が乗りだしてくるのが心配になるはずだ。

にもかかわらず漆久保はいま、平然とその場しのぎを演じている。せいぜい一週間ほど、スマ・リサーチや捜査一課が干渉してこなければいい、そう考えているようだ。

ということは、漆久保によるなんらかの重大な犯罪は、数日以内に完了するのだろう。それ以降はもう捜査一課が目を光らせようが、いっこうにかまわない。漆久保はそんな考えだと思われた。

桐嶋はさも当然のような口ぶりでいった。「ここ数日が山場だからな」

漆久保が桐嶋の横顔を眺めてきた。腫《は》れぼったい目に、わずかに警戒のいろが浮かぶ。

ところが藤敦が水を差してきた。「状況から推測できることだ。桐嶋が詳細を知っている証《あかし》にはならねえ」

鼻を鳴らした漆久保が、またふてぶてしい態度に戻った。「いいだろう。桐嶋。おまえがなにを知っていて、なにを知らないのか、いちいち気にかけるのも嫌になってきた。これから私は、おまえがすべてを知っとる前提で話す。たとえ知らなかったとしても、もうこれで知ることになる」

桐嶋に秘密を打ち明ける。生きては帰さない、そんな脅迫にも受けとれる。

「まった」桐嶋は漆久保を制した。「正直に喋《しゃべ》りあうのは歓迎だが、監視の目があるのに、それはちょっと軽率かもな。うちの探偵は読唇術にも通じてる」

藤敦が横槍《よこやり》をいれてきた。「そんなものありゃしない。探偵のいう読唇術なんて迷信だ。〝た〟と〝だ〟と〝な〟は口の動きが同じじゃないか」

漆久保はにやりとした。「藤敦君はいい参謀になってくれる」

桐嶋は無表情を装ったが、内心腸《はらわた》が煮えくりかえっていた。藤敦はいちいち探偵のハッタリを指摘する。それだけでも大迷惑な営業妨害だった。

「さて」漆久保は外の風景に向き直った。「本題に入ろう。じつはグアムで……」

グアムといえばあれしかない。桐嶋はさっそく訳知りなふりをした。「五万丁の海外製拳銃《けんじゆう》が日本への密輸をまってる」

藤敦も間髪をいれずいった。「知ってて当然だ。だいぶ前に刑事が情報を求め、調査業各社をまわったからな。スマ・リサーチ社でも須磨所長が応対したはずだ」

桐嶋はポーカーフェイスを維持した。「スギナミベアリングが海外拳銃の密輸に手を染める理由はない。警察もそう信じているからこそ、同社を捜査の助言役に選んだ。でもそこには裏があった」

既知の情報を並べ立てたうえで、さも秘密をつかんでいるかのように振る舞う。見え透いたやり方かもしれないが押し通すしかない。

本当は漆久保が密輸を働く理由など、桐嶋にはまったくわからなかった。しかし漆久保みずからが、グアムといったからには、少なくとも密輸に関わっているのだろう。

漆久保は三重顎《あご》を刻みながらうなずいた。「五万丁もの拳銃を密輸できるのは、私たちしかいない。なんといっても、グアムから日本への輸入品目の八割を占めるのは、写真機器と光学機器、時計の類《たぐ》いだからな」

密輸手段については、いまの漆久保の発言で見当がついた。桐嶋はまた当然の知識のようにいった。「ほかに通信機器や録音再生機器、金属製品が四パーセント。一般産業機器が〇・八パーセントだったな。大半が精密機器類として、スギナミベアリングの関連工場に卸される」

「そのとおりだ。拳銃一丁のパーツは八十前後。それらをばらばらにし、別々の機器に組みこんで輸入する。巧みな設計があれば税関でバレることもない」

「国産拳銃の設計と製造を手がける会社だけに、パーツを再度組み立てるのも、お手の物だよな」

「そう簡単ではないよ。だが私たちはリバースエンジニアリングにより、海外製拳銃をつぶさに研究したことがあった。コルトやベレッタの構造にも詳しい。組み立て後は試射も欠かせないが、これも自社工場に射撃場があるから、誰にも怪しまれん」

「とはいえ五万丁もの密輸となると、途方もない時間がかかるよな？　費用も天文学的になるし、国内でこっそり販売したからって、元はとれないだろう」

漆久保が怪訝《けげん》そうな顔を向けてきた。「密輸は先日、すべて完了したよ？　費用など度外視だ。知らなかったのか」

「知ってたとも」桐嶋は内心冷や汗をかきながら応じた。「ただ密輸した目的がどうにも判然としなくてね。いや見当はついてるが、まだ確証が握れていない」

藤敦が疑わしげな目で桐嶋を睨みつけてくる。桐嶋は気づかないふりをした。

漆久保が鼻を鳴らした。「私は時代の求める構造改革を後押しし、それにともない販路を広める。五万丁の拳銃のうち、まず二十五パーセントは暴力団ではなく、ただやばいだけの連中に贈呈する」

桐嶋はきいた。「やばいだけの連中？」

「暴力団はとっくに銃を持っとるからな。巷《ちまた》の半グレや暴走族、不良といった奴らになる。未成年にも提供する。当然、実弾もセットだ。さらに二十五パーセントは、藤敦君が全国規模で調べあげた、潜在的に拳銃の所持を望む人々に格安で売る。世に不満を募らせている無職、夫に腹を立てる主婦、強盗したいと考える社会の落伍《らくご》者、誰にでもだ」

「格安で売るといっても、どこで？　ネット通販か？」

「そいつらの郵便受けに商品を放りこんどいて、あとで架空名義口座に振りこみを要求すればいい。もとより採算は度外視だ。支払いがなくてもかまわん」

「怖くなって警察に届けるだけだろ」

「そうしない連中を選んで、望みどおり銃を持たせるんだよ。もちろん一部は通報するだろう。それはそれでかまわない。不特定多数に拳銃が販売されとることが、世間に広まるだけ広まればいい」

徐々に狙いがわかってきた。桐嶋はつぶやいた。「拳銃の流通を知れば、自分も欲しいと望む奴らもでてくるよな」

「そう。需要が急拡大するんだよ。ほかに二十五パーセント、これは高額所得者層に、秘密裏に購買を持ちかける。戦前は名士と呼ばれる家系の者のみ、拳銃の所持を許された。現在も同じにする。政治家の街頭演説を、自作銃で狙う馬鹿がでてくる世のなかだしな」

「護身用に拳銃の不法所持なんか望むかな？　なに不自由ない金持ちたちが」

「富豪だからこそ、日々恐れるのは理屈の通じない通り魔的犯行だけになる。特例として拳銃所持が許可されないかと、常々妄想したりする。私はその夢を叶《かな》えてやる」

「そこから通報者がでてもかまわないというんだな？」

「ああ。宣伝になるからな。最後の二十五パーセントは、ただ単に全国津々浦々に落としとく。街角で実弾いりの拳銃が見つかる。警察に届ける者もいれば、そうでない者もいるだろう。私の予想では、そのまま自分の物にしてしまう連中が大半だ」

「日本国内に五万丁の拳銃がでまわることになる。それも一般層に……」

「テレビのニュースも連日のように報じるだろう。拳銃を用いた犯罪も多発する。いままでナイフを振るってた異常者が、今後は拳銃を持つわけだ。世間は戦々恐々とするが、取り締まってももう遅い。五万丁が社会生活に浸透しちまったのではな」

藤敦がいった。「日本の銃刀法は厳しい。果物ナイフどころか裁ちバサミすら持ち歩けない。見せかけの平和が保たれてきたものの、人々の鬱憤《うっぷん》は溜《た》まってる」

「さよう」漆久保が窓の外を眺めつづけた。「電車内や駅構内で、馬鹿が暴れて犠牲者がでるたび、なぜ自分たちはこんなに非力でなければならないのかと、みな疑念を募らせてきたんだよ。ドナルド・トランプのいったとおり、銃を持った悪人を止められるのは、銃を持った善人だけだ」

桐嶋は問いかけた。「銃に興味のなかった人々も持たざるをえなくなるって？」

「そうとも！　隣近所が銃を持ってる可能性がある。夜中には銃声がどこからともなくきこえてくる。そんな環境に住んでいれば、みな丸腰ではいられなくなる」

「警察に助けを求めるよ」

「最初のうちはな。だが日本の警察官はたった二十九万人、慢性的な人手不足だ。一億二千万人のいる全国には焼け石に水だ」

「なら警察官の募集が拡大され、もっと人数が増えるだけじゃないのか」

「馬鹿いっちゃ困る。市民が拳銃を持つようになって以降、警察官になりたいと思う人間が、いま以上に増えると思うか？　アメリカの警官は銃による殉職者が多い。だから警官のなり手が少なすぎて、悩みの種になっとる。そのぶん市民が自分で命を守る」

「ここはアメリカじゃないんだ。拳銃所持を厳罰化したら、大半が差しだすだろう。足並みを揃えたがる国民性に、違法な銃所持が浸透するかな」

「わかっとらんな。桐嶋。たとえばDVDの時代までは、市販ソフトの違法コピーが問題視されとった。テレビ番組を録画したディスクを売っただけで逮捕される始末だった。ところがいまはどうだ。ユーチューブのせいで著作権はなし崩しになった」

「著作権法自体は厳しいままだよ。でも世間のモラルが低くなったのはたしかだな」

「円天《えんてん》という疑似通貨の創始者が実刑を食らったのは、いまから十年前のことだ。ところがその後、仮想通貨が一気に世界に浸透した。各国政府が存在を認識したときにはもう遅かった。円天の創始者はなんだったのかね？　実際の通貨以外を、通貨の代わりに用いちゃいけないはずだろう。なのに仮想通貨は、いまや世界に認められとる」

「ああ。たしかにあんたのいうとおり、なし崩しに認められたわけだ」

「規制で押さえつけられないほど、スピーディーかつ大規模に普及してしまったものは、法で認めるしかなくなる」

「五万丁をばらまけば、拳銃《けんじゅう》もそうなるってわけか。持たざる者も身を守るために必要になるからな」

「重要なのはな、これを望むのが国民の一部だけではないということだ。銃所持を認める法改正を、ひそかに画策してきた国会議員は少なくない」

「まさか。そんな議員がいるわけない」

「おい、桐嶋。もう少し利口かと思ったぞ。国家レベルで考えてみたまえ。アメリカは侵攻されにくい。銃を持つ国民が多くいるからだ。スイスなどは軍隊を持たないが、銃の所持は許可されていて、いざというときには国民全員が兵士となる取り決めだ」

「日本人が銃を持ってれば、ロシアや中国が攻めてくるのを躊躇《ちゅうちょ》するって？」

「当然だろう。プーチンの気持ちを考えてみろ。果物ナイフや裁ちバサミすら持てない国と、みんなが銃を持ってる国、どっちが攻めやすい？　兵士にしたって、むざむざ殺されたくはないのだから、銃所持国への侵攻には慎重にならざるをえんだろう」

「ああ……。社会主義国では小学校の授業で、銃の分解と組み立てを習うよな。日本人は銃を持たないばかりか、ほとんどが使い方すら知らない」

「羊だよ。ただ狼に食い殺されるのをまってる、哀れな羊の群れだ。高校事変やシビック政変を考えてみろ。あんな国家的危機はなぜ起きた？　銃を持っていれば抗《あらが》えた。憲法九条を改正し、自衛隊を戦力と認めるより先に、まず国民ひとりひとりの武装が急務だよ」

「銃犯罪が多発するだろうに。犠牲者もアメリカ並みになる」

「いま日本人は犠牲になっていないというのか。じじいがプリウスのアクセルを踏みこみ、小学生の列に突進してきたとき、大人の手に銃があったら？　昭和五十四年の時点でも、三菱《みつびし》銀行に猟銃を持った輩《やから》が立て籠《こ》もり、残虐のかぎりを尽くした。あのとき行員や客が銃を持ってたら？」

「銃撃戦になって、よけいに多くの犠牲者がでただろうな。暴走プリウスだって、ドライバーを射殺したところで、そのまままっすぐ突っこんでくる可能性が高い」

「そうだ。だからこそ訓練が必要になる。銃所持が法で認められたら、人々はみな射撃場で練習する。クルマのタイヤの狙い方も教わるだろう。そこは勤勉な日本人だ。

撃ち方のフォームから分解清掃の仕方まで、きちんと学ぼうとする国民が大半になる」

「五万丁の密輸拳銃がなだれこむのをきっかけに、なし崩しに銃所持が認められれば、国産拳銃が馬鹿売れする。それがあんたの狙いなのか」

「商売人としてはそうなる。国会で銃所持法が成立したのちも、スギナミベアリングに拳銃製造の独占事業を認めた、従来の覚え書きは有効となる。海外製拳銃輸入の自由化は認められない。逆にこちらからの輸出はさかんになる。わが社はトヨタやソニーと肩を並べる存在になる」

「あんたはいま商売人としてといったな。金儲《かねもう》け以外になにか信念があるのか？」

「あるとも。私は国民全員に力をあたえるんだ。世界に通用する力、文明の利器たる武器、それは拳銃以外にない。ひとつの部屋に日本人とアメリカ人がいて、拳銃が一丁落ちてたとする。いままではアメリカ人に拾われ、射殺されるだけでしかなかった。日本人は撃ち方すら知らずにいたからな。これからは互角になる」

「知らないほうが平和なこともある」

「無知はどんなときにも罪だ！　守ってくれる者がいると信じ、責任転嫁する時代は終わった。日本人は変わらねばならん。誰にも阻止できんほど迅速にな」

「銃で大勢の子供が死んでもか」

「短絡的な見方はよせ。これは我が国が未来を生き抜くための、最重要となる構造改革だ」

強引かつ乱暴な計画に思えるが、じつは周到に計算されている、桐嶋はそう思った。当初こそ規制する動きも生じるだろうが、じわじわとモラルもルールも崩壊していく。国は結局、すべての拳銃を押収するのは不可能、そんな結論に行き着く。麻薬は使用者の精神に異常をきたすだけでしかない。しかし拳銃は大勢が持てば、ほかの人々も対抗手段として持たざるをえない。普及に歯止めはかからない。

銃の任意提出を求めたところで、応じるのは善人ばかり、悪人は温存するだろう。そんな事態を恐れるからこそ、一般市民も拳銃を所持しつづけようとする。最終的にはひとり一丁までとか、フルオート機能のついた自動小銃は所持禁止とか、アメリカに近い法規制に落ち着く。拳銃はクルマや家電のように、国民の需要に応じ製造販売される。スギナミベアリングは未開の市場を開拓したうえで、まんまと独占を果たす。

藤敦が口をはさんだ。「桐嶋。おまえの態度を見るかぎり、漆久保社長の計画や目的について、まるであずかり知らなかったようだな」

「そうでもない」桐嶋はぶっきらぼうに否定した。「ただ疑問があっただけだ。それらについてたずねた」

「俺はそう思わん。おまえがなにも知らなかった以上、捜査一課がスマ・リサーチ社に依頼したという話も眉唾《まゆつば》だな」

「申しわけないが捜査一課はあるていど事実をつかんでる。表立って動けないから、非公式に調査業者を頼っただけだ」

「須磨所長はそんなに警察の信頼が厚いのか？」

「これまでにいろいろあったからな。雨降って地固まったってとこだ」

「本当か？」藤敦が猜疑心《さいぎしん》に満ちた目を向けてきた。「俺が確認したのは、坂東捜査一課長がスマ・リサーチ社に出入りした、たったそれだけの事実だ。内情を探ろうと思えばすぐできるぞ」

「なら早く取りかかれよ」

漆久保がしかめっ面になった。「藤敦君。いまは動くのを控えてもらいたい。ここを監視するスマ・リサーチ社の探偵は、桐嶋の健在ぶりを確認した。しばらくまかせればいいと判断したはずだ。何日かは静観するだろう」

桐嶋は情報をききだすため挑発した。「悠長にしてると身動きとれなくなるぞ。ただでさえあんたの工場という工場は、逐一マークされてる」

「心配いらん。近いうち最初のロットが出荷に至る。精密機械関連以外の工場だ、誰にも目はつけられん。初出荷日にはおまえや晶穂にもご同行願おう。万が一の人質として、現地に待機させせんとな」

精密機械関連以外と漆久保はいった。スギナミベアリングは国内で唯一、農林水産分野の研究施設を、千葉の館山に有している。資源作物の品種改良について、技術開発をおこなう専門部署のはずだ。漆久保が警察の監視を避けようとするのなら、そこ以外には考えられない。

気になるのは藤敦の存在だった。動くのを控えろと漆久保は藤敦に釘《くぎ》を刺した。いま藤敦は黙ってソファに身を委《ゆだ》ね、都心の景色を眺めている。だが藤敦はおとなしくしているだろうか。

漆久保が身を乗りだした。「さて、桐嶋。お仲間を安心させるためには、もう充分すぎるほどの時間を費やした。そろそろビルに戻るといい。これからほんの数回、短い移動もあるだろうが、おまえに連絡の自由はない。そこを肝に銘じておけ」

貴重な情報を誰にも伝えられない。まさしく孤立無援だった。それでも桐嶋は虚勢を張った。「せいぜい現実から目を背けてなよ、漆久保社長。包囲網は着実に狭まってる。ズドンと殺《や》られるのはあんたさ」

16

曽篠晶穂は悪夢から覚めることを、ひたすら願いつづけた。けれども望みはいっこうに叶《かな》わなかった。

桐嶋と引き離されたのち、晶穂はビルとおぼしき建物内の、別の部屋に移された。そこはやはり窓のない狭い部屋で、シングルベッドがひとつだけ据えてあった。壁にはもうひとつドアがあり、開けるとユニットバスに面していた。設備はそれだけだった。バスローブ一枚を羽織るのみ、服もあたえられない。暖房もない寒い室内で、ひとりシーツにくるまり、夜を凌《しの》がねばならない。

晶穂を部屋に連行したのは、クロと名乗る甲高い声の肥満体だった。クロが現れたのはそのいちどきりだった。朝が来るとノックもなしにドアが開き、別の一行が押しかけてくる。

毎朝、作業着の群れを率いるのは節子だった。晶穂はバスローブを脱ぐよう指示される。身体を徹底的に調べられる。節子のいわれるままの体勢をとり、穴という穴のなかまで、つぶさに観察される。まるで獣医に世話になっている小動物のようだ。人間としてはただ屈辱的なあつかいでしかなかった。身体検査が終わると、最小限の食料が投げこまれる。あとは明朝までずっと監禁状態がつづく。

いつ誰かが踏みこんできてもおかしくない。暴行されたとしても逃げ場はない。悲鳴も外までは届かないだろう。恐怖が頭のなかを支配し、一秒たりとも気が休まらない。ずっと不安にとらわれているせいか、浅い眠りに落ちるたび、恐ろしい人の顔の幻覚を見る。晶穂は跳ね起きては泣き叫んだ。声が嗄《か》れ、疲れ果てるまでわめき散らした。なんの反応もない。朝の身体検査時以外、廊下に面したドアはけっして開かなかった。

あるとき晶穂は節子に、桐嶋のことをたずねた。節子はぶっきらぼうに、生きているか死んでいるかも知らない、そういった。

絶望だけが晶穂の心を取り囲んだ。もうどうにもならない。晶穂はただ悲嘆に暮れ、ベッドの上でうずくまるしかなかった。なぜこんなことになってしまったのだろう。姉のことを想えば、なんとかして状況を打開したい。けれどもなにも打つ手がない。

数日を経た朝、節子は現れなかった。ドアが半開きになると、ビニール袋におさまった服が投げこまれた。

新品のワンピース、それにロングコートだった。頼まれなくても着たくなる。ひさしぶりに裸の状態から脱却し、まともなものを身につけられる。

ワンピースにコートを重ね着すると同時に、またドアが開いた。室内に隠しカメラがあるのでは、そんな嫌な気分がひろがる。作業着らが入ってきて、晶穂を部屋から連れだした。

行き先は地下駐車場だった。晶穂にとっては初めて見る光景になる。マイクロバスが待機しているが、前方を除きすべての窓が、アルミ板で塞《ふさ》いであった。側面のドアが開けられた。晶穂は押しこまれるように乗りこんだ。

はっと息を呑《の》んだ。ただひとり、中央付近の座席におさまっているのは、ぼろぼろのワイシャツとズボン姿の痩身《そうしん》だった。痣《あざ》と擦り傷だらけの桐嶋の顔が、ぼんやりと晶穂を見た。

「……ああ」桐嶋が力なくささやいた。「晶穂さん。また会ったね」

「桐嶋さん！」晶穂は隣のシートに座り、桐嶋の両手を握った。「いったいなんでこんな……」

「クロにボコボコにされた」桐嶋の声は喉《のど》に絡んでいた。「態度が生意気だったせいか、それともハゲデブと罵ったからかな」

作業着らが荷物を積みこみだした。運転席のドライバーが振りかえり、こちらを警戒しているものの、辺りは出発前の忙しさだった。車外からドライバーに話しかける作業着も多い。ばたばたした状態がもう少しつづくと思われた。

話すならいましかない。晶穂は小声で桐嶋にきいた。「なにがあったんですか」

桐嶋の片方の瞼《まぶた》は腫《は》れていた。目の開きぐあいが左右で不揃いになっている。つぶやくような声で桐嶋が応じた。「漆久保に会った。どんな犯罪計画なのかわかった」

晶穂は戸惑いをおぼえた。「わかったって……。桐嶋さんはあの人たちの弱みを握ってるんじゃ……」

「いまだけは会話をきかれてないっぽいな。白状するよ。なにもわかっていなかった。きみを守りたくて、切り札があるふりをしてた」

「そうだったんですか……」

「残念ながら職場に連絡するすべもない。筆記具かなにか持ってる？」

「いえ。部屋にはなにもありませんでした」

「僕も同じだ。紙切れ一枚もらえない。ここに来る前にも身体検査されたよ。なにひとつ持つ機会をあたえられてないのに」

「わたしもそうでした」晶穂は胸が詰まる思いだった。「これからどうすれば……」

ふいに巨漢が割りこんできた。クロが甲高い声で一喝した。「喋《しゃべ》るな！」

晶穂はびくっとして黙りこんだ。桐嶋が無言でクロを睨《にら》みつける。クロはいまにも殴りかかりそうな素振りをしめし、桐嶋を威嚇した。

作業着らが続々と乗車する。晶穂はひとつ後ろの座席に移された。隣に作業着がおさまった。前の席で桐嶋はクロと並んで座っている。ほかのすべての座席が作業着らで埋まった。

ドアが閉じる。マイクロバスがゆっくりと発進した。サイドウィンドウが塞がれ、外のようすが見えない。晶穂は前方に目を向けた。フロントウィンドウに状況が見てとれる。マイクロバスはスロープから陽射しの下にでていく。

都心のビル街。晶穂は拉致《らち》されて以降、初めてまのあたりにした。ここはどの辺りだろう。

桐嶋は半ばぐったりとしシートに身をあずけている。クロはずっと桐嶋に視線を向けていた。一瞬たりとも警戒を怠らないつもりだ。徹底した監視体制は、晶穂も身をもって知っていた。桐嶋はなにもできない。

筆記具ひとつ手にいれる機会もない。スマホは没収され、通信手段も皆無。どんな犯罪計画かわかったと桐嶋はいった。しかしそれを外部に伝える手段がない。電話さえかけられれば通報できるのに。

マイクロバスは首都高に乗った。高校生の晶穂は都心の道路には詳しくなかったが、レインボーブリッジを渡ったのはわかった。姉の運転するレンタカーに乗り、ディズニーランドに行ったことがある。いまマイクロバスはその方面へと走っていった。路面に湾岸線と表記されている。片側三車線の高速道路を、せわしなく車線変更しながら、次々とクルマを追い越していく。

姉のことを思いだした。大学に入ったばかりで、経済的な余裕もなく忙しかったのに、晶穂と一緒にでかけてくれた。あんなにやさしかった璃香はもういない。姉の命を奪った漆久保は、かなりの巨悪だった。暴力団の組長のごとく、荒くれ者どもを率いている。桐嶋ですら手も足もでない。

囚《とら》われの身でしかない現状が悔しい。このまま復讐《ふくしゅう》を果たせず死ぬのだろうか。無念に胸が張り裂けそうになる。

右手にディズニーランドホテルが見えてきた。晶穂は辛《つら》くなり視線を落とした。外界と完全に切り離され、どこか死地に向かっている。いまはただマイクロバスに揺られるしかない。

かなりの時間が過ぎた。マイクロバスがわきのスロープを下っていき、ETCゲートを抜ける。一般道に入った。ほどなく近代的な街並みのなかを走行しだした。都心に似ているが空間的なゆとりがある。車道が空《す》いていて、歩道もかなりの幅を有していた。ビル群が風変わりな形状をしている。

やがてなんらかの施設の敷地内に乗りいれた。駐車場ではない。やたら大きな庇《ひさし》の下の広場で、煉瓦《れんが》いろのタイルがひろがる。

クロが腰を浮かせ、桐嶋に指図した。「立て」

作業着らが桐嶋を引き立てる。晶穂にも周囲から手が伸びてきた。触れる前に自分で立ちあがった。桐嶋につづき車外へと連れだされる。

やけに賑《にぎ》やかだった。正面は体育館然とした建造物のエントランスだった。独特な屋根の形状から幕張《まくはり》メッセだとわかる。ただし広大な複合施設のどの辺りか、ここだけでは判然としない。エントランスには看板が掲げてある。〝第十六回スギナミベアリング技術展〟と記されていた。

会場の一般出入口と、業者の搬入口を兼ねているようだ。スーツ姿の来場者がエントランスに吸いこまれていく一方、作業着があちこちで立ち働いている。複数のトラックが駐車していた。会場の奥から、漆久保の演説する声が、スピーカーを通じきこえてくる。社を挙げての催しらしい。カラフルな装いをしたコンパニオンの女性が、そこかしこで来場者にチラシを配っている。

クロたちに導かれ、晶穂は桐嶋とともに歩きだした。髪の長い美人のコンパニオンが、来場者と思ったらしくチラシを渡してくる。桐嶋が受けとった。〝地域と技術の融合を〟と見出しに書かれている。千葉県のマスコットキャラ、チーバくんのイラストも載っていた。

するとクロが憤然と歩み寄った。桐嶋の手からチラシをひったくり、クロはコンパニオンに突きかえした。「いらん！」

甲高い声が周りの来場者を振り向かせる。モデル体形の美人コンパニオンが、あわてたように退いた。困惑ぎみに頭をさげる。「もうしわけありません」

この騒ぎを誰かスマホカメラに撮ってはいないだろうか。ユーチューブにアップしてくれれば、晶穂や桐嶋に気づく人がいるかもしれない。ところが周りの来場者はなぜか、ひとりとしてスマホを手にしていなかった。来場にあたりスマホ使用禁止、そんな周知が徹底しているとしか思えない。

防犯カメラがあったとしても、イベントの主催がスギナミベアリングである以上、録画は破棄されるだろう。制服の警備員らが醒《さ》めた顔を向けてくる。全員に漆久保の息がかかっている。ここに味方は誰もいない。

連行される先はエントランスの奥だったが、会場までは達しなかった。途中、関係者専用の通路に入り、ふたつ並んだ金属製のドアに行き着いた。晶穂と桐嶋はまた離ればなれになり、それぞれの部屋に連れこまれた。

個室にはやはりなにもなかった。作業着らがいきなり黒い布袋を、晶穂の頭にかぶせてきた。首から上がすっぽりと覆われ、視界が完全に閉ざされた。悲鳴をあげかけたとき、上腕にちくりとした痛みを感じた。なにかを注射された。意識がみるみるうちに遠のいていく。くずおれたものの、身体が床に衝突する痛みは感じなかった。それより早く気を失ったのだろう。

朦朧《もうろう》とする意識が徐々にはっきりしてきた。晶穂はふらふらと歩いていた。作業着ふたりに左右から脇を支えられている。もう布袋はなかった。幕張メッセとは別の、粗末な木造の倉庫内にいた。ふと気づくと、桐嶋も同じように連行されている。

目の前に大型トラックが駐車中だった。荷台がアルミ製の箱形で、側面にスギナミベアリングのロゴが描いてある。後部のハッチが開けられ、昇降台が設置された。晶穂と桐嶋はそのなかに連れこまれた。

窓のない荷台内部は薄暗かった。なにもなくがらんとした空間には、天井から鎖が何本もぶら下がっていた。鎖の先端には手枷《てかせ》が付いている。

ふたりは数メートルの間隔を置き、両手首に手枷を嵌《は》められた。足枷で床にも固定された。晶穂は荷台内部の真んなかで、両手をあげた姿勢で立ったまま、身動きがとれなくなった。少し離れた場所で桐嶋が同じ状態にある。

荷台内部に肥満体が乗りこんできた。クロが満足げな声を響かせた。「ふたりとも寝てたから、なにも知らんだろうな。丸二日かけて、別々にいろんなクルマに乗せ、あちこち連れまわした。万が一にも幕張メッセに張りこんでいた者がいたとしても、絶対に追跡しきれないほど複雑に移動した。尾行がないのも詳細に確認済みだ」

「だろうな」桐嶋が低い声を響かせた。「漆久保社長以下、うさんくさい連中がいちどに本社ビルをでて、館山に向かったんじゃめだつからだろ。イベントでいったん千葉入りしてから、全員がばらばらに散り、子会社に寄ったり関連工場を訪ねたりする。目的地を外部の誰にも悟られないようにする」

クロが鼻で笑った。「Nシステムにさえ経路をたどられないよう、巧妙に移動してるんだ。車両も何度も乗り換えてるし、こうして常に監視の目のない場所を選んでる。藤敦の指揮のもと、俺たちの館山行きが、けっしてバレないよう徹底してる」

「藤敦じゃ高《たか》が知れてる」

「そうか？」クロは依然として不敵な笑いを浮かべていた。「おまえの嘘なら、もうとっくに見抜いてる」

「なんのことかわからんな」

「とぼけるな。捜査一課の依頼？　そんなものありゃしない。藤敦からの報告でぜんぶあきらかになった」

「漆久保が動くなと釘《くぎ》を刺したはずだろ」

「ところが藤敦は自発的に調査活動を続行したんだよ」

「報告を鵜呑《うの》みにしたのか？　藤敦の目は節穴だよ」

別の男の声が響き渡った。「誰の目が節穴だって？」

半開きになったハッチの向こう、屈強そうな人影が現れた。黒のスーツを着た、やけに肩幅の広い男が、ゆっくりと荷台に入ってくる。自信に満ちた目つきと角張った顎《あご》。この男の名が藤敦にちがいないと晶穂は思った。藤敦は晶穂をじろじろと眺め、口もとを歪《ゆが》めた。晶穂は鳥肌が立つ思いだった。

藤敦の視線が桐嶋に移った。「ぶざまだな。まるで干物みたいに吊《つる》されてやがる」

桐嶋が硬い顔で応じた。「職場に動きがないように見えても、そう思わせてるにすぎないかもしれないぜ？」

「俺を誰だと思ってる？　スマ・リサーチ社の誰が何時何分何秒に、どこにいてなにをしてたか、どんな考えだったか、ぜんぶ一覧にできるほど解明してる。どうやったかわかるか」

「社内に隠しカメラと盗聴器を十以上。社用車や社員の自宅にも仕掛けただろうな。パソコンとスマホもハッキング」

「それだけじゃないんだよ。社員全員の電気ガス水道の使用量を押さえ、電話も盗聴してる。銀行取引や、調査依頼人との会話も把握済みだ。みんなそれぞれに忙しい。おまえにかまってる暇はないってよ」

「うちの探偵は全員、役者並みに芝居がうまいんだ」

「全員が一秒もおまえのことを考えもしないのに？　いいか。おまえが漆久保社長と会ったあと、佐伯《さえき》や峰森って探偵が須磨所長に報告した。桐嶋は潜入調査中だから心配ないってな。須磨所長も納得して監視を引き揚げさせた。それが事実のすべてだ。以降はみな通常業務。どうだ？　俺に見落としがあると思うか？」

桐嶋の顔に苦いいろが浮かびだした。「おまえの優秀さなら知ってる」

「だろ？　いまさらハッタリで丸めこもうとするほど、おまえも愚鈍じゃねえよな？　俺がおまえだったとしても、こう結論づけるだろう。坂東捜査一課長は、クレー射撃場での桐嶋の横暴な振る舞いについて、説教するためにスマ・リサーチ社を訪ねただけ。漆久保社長を調査しろなんて、警察はひとこともいってない」

　虚勢を張るのも無駄に思えたらしい。桐嶋はため息をつき、苦笑まじりにいった。

「そこまで見抜かれちゃ、もうどうしようもないな。だがスマ・リサーチに依頼はなくとも、警察はスギナミベアリングを怪しんでる」

「やめとけ、桐嶋。捜査一課長以下、刑事全員の行動もまた、俺はぜんぶ押さえてる。おまえらが幕張メッセにいたころ、俺は最終確認に奔走した。刑事の誰もがそれぞれの事件捜査に忙しい。警察はスギナミベアリングに助言を求めこそすれ、疑いなんて一ミリも持っちゃいない」

　桐嶋が藤敦を睨《にら》みかえした。「この手にスマホがあれば、数秒で情勢が変わる」

「あればな。おまえからなにもかもとりあげ、ペン一本さえあたえず、二十四時間監禁し、監視しつづけた。ぜんぶ俺が取り仕切ったんだ。おまえが職場に連絡をとれるチャンスを完全に潰《つぶ》してやった。いっさい情けをかけなかった。その結果がこうだ。文字どおり孤立無援。なんの問題もなく人質のおまえを護送できる」

「生かしとくのはまちがいだろ。後悔するぞ」

「どうせ夜には死ぬ。この女子高生と一緒にな」

　藤敦が白い歯を見せた。ふたたび晶穂に目を向けてくる。寒気が全身を包んだ。晶穂は身じろぎしたが、後ずさることさえできない。蔑《さげす》むように睨みつけると、藤敦は晶穂の前を横切り、後方ハッチから車外にでていった。

クロも満面に笑いを浮かべ、桐嶋の前に立った。「構造改革の人柱になる気分はどうだ」

「おまえを埋めたほうが、脂肪成分で土壌がよく肥えるだろ」

沈黙があった。クロの表情が険しくなった。こぶしがうなりを立てて飛び、桐嶋の腹を抉《えぐ》った。サンドバッグを殴ったような音がした。桐嶋が苦しげに咳《せ》きこんだ。

鼻を鳴らしたクロが、ぶらりと桐嶋の前を離れ、晶穂に近づいてくる。恐怖に全身が硬直するのを晶穂は自覚した。

目の前に火花が散った。クロが平手打ちを浴びせた、晶穂は一瞬遅れてそう気づいた。張られた頰が痺《しび》れるように痛む。クロは高笑いを発しながら車外に消えていった。

身体の自由を奪われたふたりだけが、荷台内部に残された。涙が滲《にじ》んでくる。晶穂は桐嶋にきいた。「なにか方法はないんですか」

桐嶋の憔悴《しょうすい》しきった顔はうつむいたままだった。「万策尽きた」

「そんな。きっと盲点が……」

「藤敦はミスをしでかさない。あいつのいったことはぜんぶ本当だ。スマ・リサーチも捜査一課も、僕らのことなんか心配しちゃいない。漆久保の計画にも気づいてない」

「なんとかして連絡できませんか」

「あいつらが驚くほどの気まぐれを発揮し、この手枷《てかせ》足枷を外したうえで、スマホで通話する自由をあたえてくれたら……」

死刑宣告を受けいれたに等しい発言に思える。晶穂は思わず泣きだしてしまった。

「連絡は百パーセント無理ってことですね」

「泣かないで。まだ僕らは生きてる」桐嶋は傷だらけの顔でつぶやいた。「絶望するには早い。生きてるかぎり希望はあるよ」

17

ありえない幸運など、やはりありえなかった。桐嶋はそう痛感した。

桐嶋はいちども手枷足枷を外されず、荷台内部に吊されたままだった。晶穂も同じありさまだ。項垂《うなだ》れて大粒の涙を滴らせている。数分が経過し、作業着の男たちが大勢、荷台内部に乗りこんできた。誰もが床に座りこみ、にやにやしながら桐嶋と晶穂を見上げている。後部ハッチが閉じられ、トラックが走りだした。

荒い運転に身体が前後左右に揺さぶられる。晶穂も同様だった。ふたりが体勢を崩しかけるたび、周りに座る作業着らが笑い声をあげた。だがしばらくして、それにも飽きてきたらしく、みな無言になった。エンジン音だけが絶え間なく響いてくる。

藤敦のいったことは事実にちがいない。桐嶋が漆久保と面会したのを、スマ・リサーチ社の佐伯と琴葉が監視していた。ふたりが須磨所長に桐嶋の無事を伝え、以降は監視も引き揚げた。捜査一課の後ろ盾などないのだし、スマ・リサーチ社もさほどの緊急事態とは認識していない。すべて桐嶋にまかせておけばいい、そんな判断が下るのも自明の理といえる。

それ以降、桐嶋はいちども電話やメールを許されなかった。筆記具すらあたえられなかったため、メモを残しておくことさえ不可能だった。ずっと監禁状態に置かれていたうえ、ここ二日ほどは薬を注射され、意識を失っていた。二日という期間も、クロがそういっただけのことだ。本当は何日経っているかもわからない。徹底的に外部と切り離され、文字どおりの孤立無援、四面楚歌《しめんそか》の状況下にある。この先も通報の機会が訪れるとは考えにくい。

さっきトラックに乗せられた場所は、すでに館山の近くだったのか、ほどなく減速しだした。作業着らが降車の準備をしている。断続的な縦揺れがあった。凹凸を何度か乗り越えたようだ。

右に左にと折れながら、しばらく徐行がつづいた。やがてトラックが停車した。後部ハッチが開く。

作業着が数人ずつ、桐嶋と晶穂に群がり、手枷《てかせ》と足枷を解錠した。間近から拳銃《けんじゅう》を突きつけられる。両脇をふたりに抱えられた状態で、桐嶋は荷台から外へと連れだされた。晶穂も同じく身柄を拘束され、昇降台を下りてくる。

肥やしのにおいが濃厚に漂うが、屋外ではなかった。巨大なドーム天井は球場に酷似している。無数にちりばめられた白色灯のせいもあるだろう。それらのおかげで昼間のような明るさだった。辺りは平面で、トラックの乗りいれた道路が縦横に走る以外は、土を敷いた畑になっている。

人工太陽の下にひろがる田園地帯。普通畑にはムギ類やアワ、キビ、トウモロコシなどの穀類のほか、マメ類やイモ類、ワタが栽培されている。野菜園には、収穫の季節が異なるはずの作物が、区画ごとに同時に実っていた。果樹園の木々には林檎《りんご》やミカン、ブドウが生《な》っている。牧草地の上方にあるスプリンクラーのような配管から、そこだけ人工の霧雨が降り注いでいた。

作業着姿が路上に整列している。数百人はいるだろうか。ほかにも大型トラックが数台停まっていた。どれも荷台は空のようだ。ドーム内壁に設置されたスクリーンに時刻が表示されている。午前零時十七分。

スギナミベアリングが機械工業分野以外に唯一運営する研究施設。館山で資源作物の品種改良のため、技術開発を進めていることは、同社のサイトにも掲載されていた。桐嶋はスギナミベアリングを調べ始めたころ、サイトでここの外観写真を見た。人里離れた山間部にぽつんと建つドームだった。真夜中に関心を寄せる者は誰もいないだろう。

作業着の群れが移動しだした。桐嶋も両脇をつかまれた状態で、歩きだすことを余儀なくされた。油断なく拳銃を突きつけてくる。ふたたび晶穂とともに連行されていく。

段々畑のわきに、地下に向かう階段があった。作業着らがぞろぞろと下るなか、桐嶋と晶穂もそちらにいざなわれた。階段灯がおぼろに照らすなか、コンクリート壁に囲まれた通路を、斜め下方へと潜りつづける。

やがて地階に着いた。地上階と同じく広々とした空間だった。桐嶋は思わず息を呑《の》んだ。

長テーブル状の作業台が何百列も、ほぼ隙間なく並んでいる。それらには白衣を着た職人らしき男たちが、ずらりと横並びに座り、拳銃の組み立て作業に追われていた。よく見ると生産ラインが構築されているとわかる。作業工程が細かく区分され、それぞれの受け持ちを決めて分業とし、効率よく拳銃を作りあげていく。

　作業台にはハンマーやドライバー、レンチなどの工具が無数に並ぶ。職人たちはてきぱきと仕事をこなしていた。時計やインスタントカメラ、食洗機が分解される。一個の内部にひとつずつ、違和感なく組みこまれた拳銃用パーツを取りだす。バレルは精密機器ユニットの一部、スライドは光学機器の受け皿に偽装されていた。ほかにもこまごまとした部品が、あらゆる輸入品のなかから、一点ずつ確保される。

　地階の床は広大な正方形をなしていたが、一方の壁際には、強化ガラスで仕切られた射撃ブースがあった。内部で試射がおこなわれている。二十五メートル先の標的を撃っては、照星と照門を調整する。銃声はほとんどきこえない。地上階の畑に立っていても、けっして耳に届かないだろう。ブース内は排煙装置が機能しているらしい。射撃にともない発生した煙が、霧のように籠《こ》もることもない。

　作業台の端の通路を、係員がキャスター付きワゴンを押しながら、絶えず行き来している。作りかけの拳銃を次の段階の作業区画に運ぶ。完全に組み立て終わった拳銃は、試射のブースを経て、清掃担当の作業台に移る。そこから木箱に詰められる。フォークリフトが木箱を運び、ブースとは反対側の壁にある、荷物用エレベーターに搬入する。拳銃が詰まった木箱は随時、地上階へと運ばれていく。

コンクリート壁に設置された大型スクリーンに、地上階のようすが映っていた。ドーム内の田園地帯を走る道路に、複数のトラックが駐車するほか、作業着の集団が待機している。木箱が次々とトラックの荷台に詰めこまれる。

桐嶋のすぐわきをワゴンが通過していった。コルトのM45A1やデルタエリート。ベレッタのPx4ストーム、90－Two。ポリマーフレームの拳銃がほとんどだった。大型ばかりでなく、ベレッタBU9ナノやスミス・アンド・ウェッソンのボディガード380のような、ポケットサイズの護身用拳銃も目につく。そちらのほうが需要があるかもしれない。

腹の底から酸がせりあがってくる。桐嶋は吐き気をもよおしそうなほどの嫌悪感をおぼえていた。漆久保の主張にはなんの誇張もなかった。途方もない規模で、法を根底からひっくりかえす犯罪計画が進められている。五万丁の密輪と組み立て、出荷など不可能のはずが、完璧《かんぺき》なカモフラージュにより実現されていた。仮に警察がスギナミベアリングに疑惑の目を向けようとも、この館山の農業施設だけは除外するにちがいない。視察に訪れたところで、地上階の畑を見るかぎり、地下の作業場など想像もできないだろう。

別の階段を下りてくる一行があった。スーツ姿の年配者ばかりだった。役員たちかもしれない。彼らが囲むのはチェックのスーツの肥満体、白髪頭の漆久保と、妻の節子だった。節子はファージャケットにロングスカートを身につけている。夫妻は役員らしき高齢者たちと談笑しながら、揃って地階へと降り立った。

スギナミベアリングの重役会が、みなこの計画を認識しているとは考えにくい。大半の社員はむろんのこと、株主にも知らされていないだろう。だが一部の役員は、漆久保の手足となって動いている。ひとつかふたつの派閥が、傘下の子会社を巻きこみ、陰謀実現のための組織を形成した。おそらくそんなところだ。

規模が大きくなれば機密維持が困難になる。これだけ大勢の労働者を抱えこむ以上、箝口令《かんこうれい》を敷くだけでは不充分だ。武田探偵社が全員の身辺調査を請け負ったにちがいない。加担させても問題なしと思われる人材のみ抽出、厳重な監視下で作業させる。調査会社の知恵とノウハウが最大限に生かされている。

桐嶋は漆久保と出会った当初を思いだした。璃香へのストーキングなど、年老いた富豪の悪ふざけにすぎなかった。漆久保は武田探偵社を担ぎだすこともなく、巷《ちまた》の悪徳探偵、窪蜂に璃香の調査をまかせた。だが桐嶋にひと泡吹かされてからは、武田探偵社の〝探偵の探偵〟、藤敦を担ぎだした。

グランピング施設のプール、市原のクレー射撃場。桐嶋は漆久保を二度やりこめた気分になっていた。いまにして思えば、あんな戯れになんの意味があったのだろう。目にものを見せてやった、そんな手応《てごた》えは漆久保に関するかぎり、桐嶋の自己満足でしかなかった。これほどの犯罪が進行中だとは予想もつかずにいた。国家転覆に等しい漆久保の野望の前には、桐嶋などただ無知な害虫にすぎない。鬱陶《うっとう》しくはあっても、取るに足らない存在でありつづけたのだろう。

夫妻は役員らしき高齢者らと立ち話をつづけている。そこにクロと藤敦が歩み寄り、漆久保に声をかけた。例の腫《は》れぼったい目が桐嶋のほうに向けられる。漆久保夫妻は悠然と歩いてきた。左にクロ、右に藤敦が同行する。醜悪極まりない四人組だと桐嶋は思った。

「こんばんは」漆久保が桐嶋を見つめてきた。「うちの畑はどうだ。気になる作物はあったかね」

桐嶋は皮肉をこめていった。「人殺しの道具を出荷する畑とはね」

漆久保が平然と応じた。「工業製品の初期ロットは不良品が多いが、うちの組み立てなら安心だよ。あのスクリーンを観ろ。今夜の時点で一万丁が世にでまわる。半分は首都圏、残りの半分は近くのヘリポートから全国に送られる」

「派手に動いてたら自衛隊基地のヘリに見つかるかもな」

「第21航空隊のか？　館山基地は救難活動が専門なのを、まさか知らないわけじゃないだろうな。このドームの付近には、六百以上の暗視カメラがあるし、今夜はドローンも飛ばしとる。おまえの探偵仲間や警視庁のお友達どころか、猿一匹見当たらん」

藤敦がやれやれという顔になった。「桐嶋。いまさら幼稚なブラフなんか吹かして、俺の調査能力に対し失礼だと思わねえのか。ここでの動きは誰にもバレちゃいねえ。須磨所長以下、社員全員が自宅でぐっすり寝てるよ。五分前に調査済みだ」

地階にスピーカーの音声が響き渡った。「輸送第一班、二班、三班。出発準備整いました」

桐嶋はスクリーンに目を向けた。てのひらに汗が滲《にじ》んでくる。三台の大型トラックが荷を積み終えた。いずれも後部ハッチが閉じられる。

漆久保がいった。「出発しろ」

クロがひときわ甲高い声で怒鳴った。「出発！」

スクリーンのなかで大型トラックが動きだす。三台が一列になり進んでいく。幅広く開いたゲートから、ドームの外の暗闇へと、溶けこむように消えていった。

土壇場に追い詰められた。桐嶋はそう悟った。大量の密輸拳銃《けんじゅう》の出荷を阻む者はいない。一万丁が全国にばらまかれるだけでも、日本の治安が根底から揺らいでしまう。ここにいる桐嶋には阻止できない。五万丁がでまわる日をまたずして、社会不安は一気に膨れあがる。最終的には漆久保の思惑どおりになる。誰もが拳銃をほしがる。なし崩しに法改正へと至る。

「さて」漆久保は上機嫌そうに目を輝かせた。「夜明けまでにどんどん出荷がつづくが、もう警察の妨害もないと証明された。人質を生かしとく理由もなくなったな。桐嶋、命運は尽きたぞ」

晶穂が不安に満ちたまなざしを向けてきた。桐嶋も内心うろたえざるをえなかった。ひどく落ち着かない気分で晶穂を見かえした。

クロが漆久保に提案した。「試射の人体実験に消費しましょう」

「いい考えだ!」漆久保が笑った。「密輸拳銃のマンストッピングパワーがどれぐらいか、確認しておくのも重要だからな」

節子が夫に声をかけた。「まってよ。桐嶋を的にする気?」

「ほかに誰がいる」

「まだ遊んでないのよ」節子の悪戯《いたずら》っぽい目が桐嶋を見つめた。「この子、あなたより立派な物を持ってるし」

漆久保は不快そうに鼻を鳴らした。「遊ぶなら今夜じゅうにしろ。夜明け前には処刑するからな。いまは小娘のほうを先に片付ける」

晶穂が目を瞠《みは》った。動揺をあらわにし、桐嶋に救いを求めるように、必死に両手を差し伸べた。「嫌。助けて！」

作業着らが晶穂を連れ去ろうとする。桐嶋は飛びかかろうとした。だが左右に控える作業着ふたりが全力で阻んだ。身動きがとれなくなっても、なお桐嶋は暴れた。すると銃口が脇に突きつけられた。

桐嶋は凍りつくも同然に静止した。自分が撃たれるのを恐れたのではない。晶穂を捕らえる作業着らも、彼女の胸に拳銃を向けたからだ。極度に怯《おび》えきった晶穂が全身を硬直させている。ひたすら震えるばかりの晶穂を、作業着たちが引きずりながら連行していく。

黙って見送るわけにいかない。衝動的に桐嶋は作業着らの手を振りほどいた。突きつけられた拳銃に発砲の隙をあたえてしまう、そうわかっていても自制できなかった。だが銃撃を受けるより早く、クロのこぶしが眼前に飛んできた。顔の真んなかを殴打されると同時に、腹に膝蹴《ひざげ》りを食らった。桐嶋はむせながら床にうずくまった。鼻血が滴り落ちるのをまのあたりにした。

節子が抗議の声をあげた。「粗末にあつかわないでよ、クロ。まだ玩具《おもちゃ》を壊さないでくれる？」

頭上で藤敦のあきれたような声がつぶやいた。「桐嶋。おまえは本当に学習能力がないな。探偵なんて人の情事を追っかけては、日銭を稼ぐのだけが仕事だろ。ターゲットがやばいぐらいの大物だと悟ったら、さっさと身を退《ひ》く。この職業の基本だろうが」

桐嶋はずきずきと痛む腹を手で押さえ、かろうじて声を絞りだした。「漆久保に執着したからこそ、ここまで来れたんだけどな」

クロが甲高い声で怒鳴った。「漆久保社長と呼べ。最下層のカスが」

藤敦はしゃがむと、桐嶋の顔をのぞきこんだ。「それがまちがいだってんだよ。おまえごときにどうにかなる事案じゃねえんだ。胸に刻んどけ。姉妹をふたりとも死なせたのは、ほかならぬおまえさ」

背後の作業着らが桐嶋を引き立てた。脇腹に鋭い痛みが走った。呻《うめ》きながら苦痛に耐えていると、強化ガラスのブースが目に入った。

標的を配置する側の壁を背に、晶穂が手枷《てかせ》足枷で固定されている。大の字に直立姿勢をとらざるをえなくなった。晶穂は顔を真っ赤にし、泣きわめきながら身をよじっているが、その場からは逃れられない。

ブース内の二十五メートル離れた場所で、作業着三人が拳銃に弾をこめている。三人とも晶穂を狙い澄ますべく、横一列に並んで立った。

桐嶋は激しい焦躁《しょうそう》に駆られた。「やめろ！　彼女に銃を向けるな」

節子がにんまりと笑った。「いい声。朝まで楽しめそう」

漆久保の醒《さ》めた目が桐嶋をとらえた。「私と璃香の関係に、おまえが首を突っこんだ罪は、璃香の妹に償ってもらう。姉妹を殺してしまった罪で、おまえも処刑される。腑《ふ》に落ちる理論だ」

「この豚野郎」桐嶋は憤怒《ふんぬ》を爆発させた。「なんて酷《ひど》い真似を！」

作業着のひとりが桐嶋を羽交い締めにした。身動きできない桐嶋を、漆久保が侮蔑《ぶべつ》のまなざしで眺めてくる。腫れぼったい瞼《まぶた》の下に怪しく光る目、垂れた頬肉。表情はブルドッグ以下のけだものに見えた。

「桐嶋」漆久保が冷やかにいった。「私とおまえでは、しょせん人生のレベルがちがう。私は国家の行く末を案じとる。おまえは私のレベルに土足で踏みこんできた。礼を失した無知な輩《やから》の末路を思い知れ」

脅し文句が耳に届いてはいても、心にはまるで響かない。桐嶋は強化ガラスの向こうの光景だけを凝視していた。いまや晶穂は抵抗をあきらめ、ただ泣きじゃくっている。その声はガラス越しに届かない。射手の三人は拳銃を握った腕を、それぞれまっすぐに伸ばしている。

射殺されてしまう。桐嶋は無力感を嚙《か》み締めた。いまこの瞬間にはなんの対処もできない。

突きあげるような衝撃とともに、けたたましい轟音《ごうおん》が地階に反響した。ガラスの向こうで銃火がいっせいに閃《ひらめ》くのが見えた。

18

おかしい。銃声の音量はたしかに耳をつんざくほどだが、強化ガラスがある以上、きこえないはずではなかったのか。床を突きあげてくるほどの震動も変だ。

桐嶋がそんな疑問にとらわれたのは、おそらく一秒未満だったにちがいない。射撃ブースの頑丈で分厚いガラスに、蜘蛛《くも》の巣のような亀裂《きれつ》が走った。さっきの揺れのせいで、発砲した三人は大きく体勢を崩している。弾は晶穂から逸《そ》れたかもしれない。

だが晶穂は壁に磔《はりつけ》りつけられたまま、ぐったりと脱力している。ここからでは撃たれたのか失神したのか、見極めは困難だった。

地階はにわかに騒然となった。漆久保夫妻や藤敦が表情をこわばらせ、壁のスクリーンを注視する。桐嶋もそちらに目を向けた。ノイズで乱れがちな画面には、大型トラック一台がゲートを突き破り、畑の狭間《はざま》の道路を突進するさまが映っている。ドーム内の作業着らが右に左に逃げ惑う。トラックが照明の支柱をなぎ倒すたび、地階にも地震のような揺れが伝わってくる。やがてトラックは道路から外れ、段々畑に突っこむや、衝突しながら停車した。斜め下方に埋もれた瞬間、大小の土塊が爆発のように撒《ま》き散らされた。

いまや地階はパニック状態と化していた。大勢の職人らが作業台を離れ、あたふたと逃げまわっている。絶叫や助けを求める声がこだました。クロが警戒の目を向けてきたとき、桐嶋はすでにその場から駆けだしていた。

右往左往する人混みをすり抜けながら、桐嶋は射撃ブースをめざし全力疾走した。近くの作業台にあったブツをつかみとる。工程ならさっき観察した。手のなかのブツは、ポリマーフレームの自動拳銃ながら、スライド部分がなかった。走りながら手触りでグロックG44だと知る。四列先の作業台からスライドを奪い、手もとを見ることなく装着した。前方に放置されたワゴンには、装弾済みのマガジンが山積みにされている。ワゴンのわきをすり抜けると同時に、22LR弾の入ったマガジンを手にとった。グリップ内にマガジンを叩《たた》きこみ、スライドを引き薬室に弾を装塡《そうてん》する。

喧噪《けんそう》のなか、クロの甲高い発声が背後にきこえた。「まて！」

肥満体に追いつかれるほど桐嶋はのろまではなかった。前方に射撃ブースが迫った。ガラスの亀裂の向こうで、三人は体勢を立て直そうとしている。うちふたりが晶穂に銃口を向けた。

桐嶋は走りながら拳銃《けんじゅう》を水平にかまえ、矢継ぎ早にトリガーを引いた。強い反動をてのひらに感じ、排出された薬莢《やっきょう》が宙に舞う。ガラスが砕け散り、無数の破片と化し崩落した。ブース内の三人は揃ってこちらを向いた。全員がぎょっとした顔をしている。ただちに三丁の拳銃が桐嶋を狙ってきた。だが桐嶋の拳銃はすでに敵を狙い澄ましていた。最初のひとりに向けトリガーを引き絞った。

駆けながら銃撃する以上、照星と照門を合わせる余裕などない。それでも二発目で敵のひとりが血飛沫《ちしぶき》をあげのけぞった。そのころには間髪をいれず、残るふたりにも連続して銃弾を食らわせる。血煙が漂うなか、三人が苦痛に顔を歪《ゆが》め、ブース内につんのめった。

致命傷ではないとわかる。9ミリ弾にくらべれば22LR弾の威力は弱い。特に三人目の男はかすり傷ていどだったらしく、すでに身体を起こしかけている。桐嶋は猛然とブース内に飛びこんでいき、立ちあがりかけた敵の胸部に前蹴《まえげ》りを浴びせた。

ふたたび男が倒れた。粉砕されたガラス片だらけの床で転げまわり、激痛に悶絶《もんぜつ》している。ジャラジャラと金属音がした。腰のベルトに鍵束《かぎたば》を付けている。真鍮《しんちゅう》製の小さな鍵ばかり、手枷足枷用だとわかる。桐嶋はそれを外し、二十五メートル先の壁の前、晶穂をめざし走りだした。なおも晶穂は項垂《うなだ》れたまま身動きひとつしない。負傷しているかどうか、まだ目視では確認できない。桐嶋は祈る気持ちとともに駆け寄っていった。

だがあと約十メートルの距離で、桐嶋の眼前に突然、太い腕が水平に突きだされた。ラリアットを食らうも同然に、腕が桐嶋の顔面に衝突する。桐嶋は仰向《あおむ》けに転倒した。拳銃が桐嶋の手を離れ、どこかに飛んでいった。

床にはガラス片が散らばっていた。背中の痛みに耐えながら、上半身を起きあがらせる。地階全体には依然として大混乱がつづき、作業着や職人らは逃げまどうばかりで、誰も射撃ブースに目もくれない。しかしクロだけは別だった。乗りこんできた肥満体が、桐嶋のすぐ近くに仁王立ちしている。

クロが悲鳴並みに音の高い声で叫んだ。「このクズ野郎！　なにをしたか知らないが、八つ裂きにして社長の食卓に献上してやるかんな」

激怒しているかと思いきや、クロは暴力を行使できる喜びに満ちているのか、満面に笑いを浮かべていた。グローブのように大きな両手が伸びてきて、桐嶋の首をつかみあげる。締めつける握力は万力に等しかった。桐嶋は呼吸もできず、じたばたしながらも、ただ引き立てられるしかなかった。

目の前にクロの胴体がある。桐嶋は腹を殴りつけた。こぶしのほうが激痛に見舞われた。恐ろしく腹筋を鍛えている。不敵な微笑もいっこうに揺るがない。

クロは桐嶋の首から両手を離すや、即座に手刀を食らわせてきた。でかい図体《ずうたい》のくせに動作が異様にすばやい。全身を太鼓のように乱れ打ちにされ、桐嶋はまたもガラス片のなかに崩れ落ちた。

なおもクロの巨木のような脚が、執拗《しつよう》に桐嶋の脇腹を蹴りこんでくる。内臓が潰《つぶ》れるかと思えるほどの苦痛に悶《もだ》えながら、桐嶋は怒りを燃えあがらせた。タックルのごとくクロの脚にしがみつき、両腕で強く締めあげた。

やたら大きな靴が床を踏み荒らし、桐嶋を振り払おうとする。ところが床を覆うガラス片に靴底が滑ったらしい。クロの足が手前にスリップし、巨体が仰向けに引き倒された。地響きとともに周囲のガラス片が宙を舞った。

逆転の好機にちがいない。桐嶋は手ごろなガラス片をつかみあげた。ナイフがわりに振りかざし、クロの上に馬乗りになる。

だがクロは仰向けに横たわりながらも、にやにやした笑いを浮かべたままだった。桐嶋がガラス片を振り下ろそうとしたとき、クロの掌打が風圧とともに迫った。瞬時に顎《あご》を突きあげられ、桐嶋は宙に浮いた。なすすべもなくガラス片のなかに転がった。

クロは目を剝《む》き、顔を輝かせながら起きあがった。異様な奇声を辺りに響かせる。

「だぁー!」

桐嶋は立ちあがるべく、いったん四つん這《ば》いになったが、駆け寄ってきたクロの靴に腹を蹴りあげられた。痛烈な蹴撃だった。桐嶋は咳《せ》きこみつつも、のけぞりながら後ずさり、強引に立ちあがった。

しかしがら空きになった腹に、クロがすかさず横蹴りを浴びせてきた。桐嶋は後方に飛び、床に何度か跳ね、またしてもガラス片のなかに横たわった。

もはや血だらけの全身が麻痺《まひ》し、痛みを感じなくなっていた。それで無敵になれるかといえば、当然ながらそんなはずはない。触覚も極度に鈍化しているため、床に手をついても、身体を起こすための力加減がわからない。ただガラス片でてのひらを切るばかりだ。感覚を失った足も滑りがちだった。じたばたすることに終始し、いっこうに立ちあがれずにいる。

クロは口もとを歪めたが、ふいに桐嶋に背を向け、晶穂のほうに歩きだした。壁に磔りつけられた晶穂は、うつむき脱力しきったまま、ぴくりとも動かない。歩み寄ったクロが、晶穂の頭髪をわしづかみにし、乱暴に引っぱりあげた。

青白い小顔があがった。晶穂の目がうっすら開いているのがわかる。瞼《まぶた》や唇がかすかに痙攣《けいれん》していた。

安堵《あんど》にはほど遠いものの、桐嶋のなかにかすかな希望の光が射した。晶穂はまだ息がある。ロングコートも血に染まってはいない。被弾はなかったようだ。

思いがそこに及んだとき、桐嶋の身体は突き動かされた。瞬時に跳ね起きられたのが、自分でも信じられなかった。わめきながらクロの背に突進し、床に滑りこんで足払いをかけた。クロはあわてたように両手を振りかざし、勢いよく横倒しになった。

余裕綽々《しゃくしゃく》だったはずのクロも、ガラス片のなかに何度も倒れたせいだろう、いつしか顔じゅう擦り傷だらけになっていた。ひりつく痛みを腹立たしく感じたらしい。不気味な笑いは消え、代わりに猛獣のように咆吼《ほうこう》した。怒りをあらわにしながら立ちあがり、桐嶋に襲いかかってくる。

桐嶋は滑りこんだままの身体を少しも起こせずにいた。今度こそクロの一撃のもとに、骨が粉砕されてしまうかもしれない。桐嶋は思わず歯を食いしばった。

そのとき別の人影が射撃ブースに飛びこんできた。華奢《きゃしゃ》な身体つきがしなやかに伸び、クロの肥満体に背後から絡みつく。厚手のブラウスから突きだした腕と、スラックスに包まれた長い脚が、クロの関節をしっかり極《き》めている。卍固《まんじがた》めの体勢に近かった。身動きできなくなったクロが、焦躁《しょうそう》に駆られたようすで、激しく身体を揺さぶる。

スマ・リサーチ社対探偵課の二十六歳、紗崎玲奈は長い黒髪を振り乱し、がむしゃらにクロの動きを封じていた。吊《つ》り上がった大きな瞳《ひとみ》が桐嶋を見つめる。玲奈が鋭くいった。「脚をとって！」

いかに技が深くかかっていようと、玲奈ひとりだけでは、怪力のクロを押さえこむにも限度がある。桐嶋は麻痺したままの五体を無理やり動かし、前のめりにクロの脚に飛びついた。膝《ひざ》から上に狙いをさだめ、抱きつくと同時に引き倒す。ふたりがかりで力を合わせ、クロを床に叩《たた》き伏せた。

痛そうに顔をしかめながらも、すかさずクロが起きあがろうとする。桐嶋はクロの片腕をつかみ、脇腹に靴底を這《は》わせ、慢心の力をこめ引っ張った。クロが苦痛の叫びを発した。玲奈がテコンドーの横蹴り《ヨプチャギ》をクロに放つ。スニーカーの底がクロの額を強烈に蹴りこんだ。クロは後方に転がり、射撃ブースから作業フロアに飛びだした。

逃げ惑う職人たちが、床に倒れたクロにつまずき将棋倒しになった。折り重なる職人らを、クロはわめきながら次々に投げ飛ばした。憤怒《ふんぬ》に目を血走らせ、クロがふたたび立ちあがった。

だが節子の声がどこからか呼びかけた。「クロ！　階段！」

はっとしたようすのクロが振りかえる。桐嶋や玲奈には目もくれない。パニック状態の職人たちを突き飛ばし、クロが走り去っていく。階段の上り口に作業着らが集結し、必死に守りを固めていた。クロもそこに加わるようだ。

理由は壁のスクリーンを見れば一目瞭然《いちもくりょうぜん》だった。画面全体が赤く点滅している。地上階には大型トラックのみならず、数十台のパトカーが突入していた。点滅は赤色灯のせいだった。制服警官や機動隊員らが繰りだすや、作業着らはためらうようすもなく、拳銃《けんじゅう》を発砲しだした。たちまち警官らが応戦を開始する。銃火の閃《ひらめ》きが映像のそこかしこに拡大していった。頭上から銃声がひっきりなしにこだましてくる。

玲奈は晶穂に駆け寄っていた。「桐嶋さん。鍵《かぎ》は？」

「ここにある」桐嶋は鍵束をとりだした。同じ形状の鍵が二本ずつ、複数組が環《わ》に通してあった。いくつかの鍵を抜いたのち、鍵束を玲奈に投げた。桐嶋は痛みを堪《こら》えながら立ちあがると、急ぎ玲奈のもとに近づいた。「大型トラックで突入したのはきみか」

「当然」玲奈は晶穂の手枷《てかせ》に鍵をあてがった。鍵穴に合う物を探し、次々と鍵を試していく。作業の手を休めず玲奈が応じた。「ドームをでてきた先頭のトラックに、クルマをぶつけて停めた。ほかのトラック二台も警察の包囲網にかかった」

晶穂は力なく手枷に吊《つる》されていたが、ぼんやりとした目が玲奈をとらえた。とたんに驚きのいろが浮かんだ。「あのときのコンパニオンさん……？」

玲奈が微笑した。「おぼえてた？」

幕張メッセでマイクロバスから降車したとき、桐嶋も面食らわざるをえなかった。コンパニオンのなかに玲奈が紛れていた。玲奈は桐嶋とアイコンタクトをとり、チラシを差しだしてきた。

漆久保社長の来場は事前告知されていただろう。探偵ならむろんのこと、会場に潜りこむすべを考える。スギナミベアリング主催のイベントであっても、コンパニオンは派遣会社が仕切る。派遣会社に金を握らせ、コンパニオンのひとりとして加わるのに、たいした支障はない。

だがスマ・リサーチ社員の動向は、藤敦が逐一監視していたはずだ。それでも玲奈が自由に動けた理由は見当がつく。桐嶋は晶穂の足枷を外しにかかりつつ、玲奈に問いかけた。「独断で動いたな？」

「まあね」玲奈は手枷のひとつを解錠した。もうひとつの手枷に取り組みながら、玲奈がつぶやいた。「ネットの掲示板で、璃香さんの情報を求める書きこみを見かけたから……。高円寺に行ったらビラもたくさん貼ってあった。晶穂さん。お姉さんの無念を晴らしたかったんだよね。わたしは無視できなかった」

晶穂が感慨に満ちたまなざしを玲奈に向けた。桐嶋のなかに腑《ふ》に落ちるものがあった。玲奈が対探偵課に属した動機はほぼ同じだ。晶穂の現状を知り、じっとしていられるわけがない。神戸からの出張帰りに、須磨所長の指示を仰ぐことなく、みずから調査に乗りだした。

「でも」晶穂がささやいた。「なぜここが……？」

玲奈はさらりといった。「チーバくん」

「チーバくん……？」

桐嶋は苦笑した。玲奈が幕張メッセにいたのは、あくまで漆久保の動向を探るためだろう。だがマイクロバスから降車した桐嶋に気づき、玲奈は即座に一計を案じたようだ。桐嶋も無言のうちに玲奈の意図を理解した。

渡されたチラシ、チーバくんの顔は千葉県のかたちをしている。桐嶋は館山の位置に爪を立て、小さく痕《あと》を残した。クロがチラシを突きかえしたのち、玲奈の目は了解と語った。館山にあるスギナミベアリングの施設は、この農林水産分野のドームだけになる。

足枷のひとつが外れた。もうひとつの鍵穴に取りかかる。桐嶋は玲奈に苦言を呈した。「ここを伝えたはずなのに、いっこうに助けが来ない。もう駄目かと思ったぞ」

「捜査一課に相談したんじゃ、敵に動きを読まれるでしょ」

「どうやって警察を動員した?」

「わざとスピード違反をしまくって、千葉県警のパトカーを山ほど引き連れてきた。無数のドローンが浮いてるエリアは一気に突っ切った」

玲奈らしいやり方だった。警察は玲奈が乗っ取った以外のトラック二台も、事情聴取のため停車させざるをえなくなる。ドライバーの挙動不審は一目瞭然だろう。積み荷を調べ、拳銃がごまんと転がりだした。警察官職務執行法の第五、六条に基づき、警察は緊急事態と解釈し、令状なしにドームに突入した。

晶穂の足枷が外れた。玲奈が最後の手枷から晶穂を解き放った。ほっとしたようすの晶穂が玲奈に寄りかかる。

疲弊しきった面持ちの晶穂が、震える声で玲奈にささやいた。「わたしのために……」

「気にしないで」玲奈は晶穂を支えた。「わたし自身が後悔したくなかったから」

ようやく晶穂の表情が和らいだ。「桐嶋さん、さっき万策尽きたっていってたのに」

桐嶋は笑ってみせた。「マイクロバスのなかか？　あんなところ盗聴器があって当然だよ。本当のことをいえるわけがない」

玲奈の目が晶穂に向いた。「嘘つきでしょ？　この人」

「おい」桐嶋は咎《とが》めた。「未成年を前に先輩社員を貶《おとし》めるな」

晶穂が感慨深げにささやいた。「桐嶋さんはいい人です」

「ほらみろ」桐嶋は玲奈を見つめた。

あきれた顔で玲奈が見かえした。「変なことは考えないでくださいよ」

「変なことってなんだ？　俺はいつも探偵業法を遵守……」

ふいに跳弾の火花が壁に散った。玲奈は晶穂を抱いたまま、すばやく床に伏せた。

桐嶋は姿勢を低くし、射撃ブース内を猛然と走った。体力は回復しつつある。さっきクロの襲撃を受けた付近に達した。頭から飛びこんでいき、身体を丸めながら転がった。ガラス片の上に落ちたグロックG44を片手ですくいあげる。前転の勢いを利用し片膝で立った。職人らが逃げ惑う作業フロアの混乱のなか、銃火を閃かせる人影を狙い澄ました。

敵は作業着のひとりだった。銃声に独特の響きがある。発砲している拳銃は密輸品でなく、スギナミベアリング製だとわかる。人影の手前を右往左往する職人らを避け、標的が無防備になった瞬間、桐嶋はトリガーを引いた。

目の前に激しい閃光《せんこう》が走る。銃声が轟《とどろ》くとともに、グリップに強い反動が生じた。人影が突っ伏したのが見てとれる。うっすら血煙が見えるが、やはり致命傷には至らなかっただろう。いまはそれで充分だった。無駄に命を奪いたくない。

激しい銃火に地階全体が激しく明滅した。桐嶋はびくっとし、ガラス片のなかに伏せたものの、銃撃を受けてはいなかった。それでも辺りがいっそう騒然とし、職人らのパニックに拍車がかかった。

矢継ぎ早の銃声は階段付近で鳴り響いている。階段を機動隊の盾が無数に下ってくる。作業着らが大挙して繰りだし、力ずくで押しとどめる。両者の力はほぼ均衡していたが、ときおり銃撃が発生し、双方がひとりふたりと階段から転落する。荒々しい肉弾戦と銃撃戦が織り交ざり、まさに攻城戦の様相を呈する。

職人らは逃げ場を失ったかと思いきや、スクリーンわきの壁に、大きな開口部ができていた。作業着や職員の群れがそこになだれこんでいく。

桐嶋は射撃ブース内を駆け戻った。晶穂に寄り添う玲奈に声を張る。「別の道があるぞ！」

玲奈が晶穂を支えながら歩きだす。桐嶋も手を貸した。射撃ブースをでると、作業フロアの混乱のなか、ひたすら脱出経路をめざす。ときおり銃を持った作業着がこちらに気づき、とっさに狙い澄ましてくる。桐嶋はその都度、片手にぶら下げたグロックG44で、敵の膝《ひざ》から下を銃撃した。数発をつづけざまに撃ち、むこうずねを確実に砕く。前に転倒させるためだった。敵が仰向《あおむ》けに倒れたのでは、のけぞりながら発砲する危険が生じる。

いまも敵のひとりをつんのめらせた。敵の手から拳銃が投げだされ、床を滑ってくる。玲奈が足をとめ、拳銃を拾いあげた。シグ・ザウエルのP365、わりと小ぶりな自動拳銃だった。

桐嶋は近くのワゴンから、G44に適合するマガジンをつかみとった。「玲奈。撃ち方はわかってるよな」

玲奈は拳銃のスライドを引いた。「ハワイの出張研修で射撃場に行ったし」

「当てなくてもいい。銃口を向けられたら先に撃て」

また玲奈が歩きだした。「獅靭会とやりあった港を思いだす」

「よせよ。今度は俺も逮捕される気はない」

とはいえ機動隊が下り階段から解き放たれるのは時間の問題だ。作業着らの防御は押されていた。クロの姿が見えない。漆久保夫妻や藤敦もどこかに消えていた。

作業着はかならずしも敵兵ではない。むしろ大半が桐嶋らに目もくれず、職人と同様に逃げ惑っている。漆久保の抱える荒くれ者どもは、けっして一枚岩ではなかった。桐嶋ら三人は脱出経路に近づいた。周りの動きがあわただしくなった。誰もが死にものぐるいに地下通路へと殺到していく。

玲奈と晶穂を先行させた。前方より後方にこそ、警戒すべき脅威がある、そう思ったからだ。地下通路の入口付近に達する。まるでラッシュ時の駅構内のように、先を急ぐ群衆でごったがえしている。玲奈と晶穂は数メートル先で人混みに埋もれてしまい、半ば見えなくなった。あまり距離を広げたくない。桐嶋も地下通路に入ろうとした。

ところが突如、桐嶋の首にロープが巻きつけられた。背後から何者かが引き倒そうとする。桐嶋はかろうじて踏みとどまり、直立を保ちながら全力で抗《あらが》った。

前方で玲奈が振りかえったのが見える。玲奈は目を瞠《みは》った。「桐嶋さん！」

「先に行け！」桐嶋は怒鳴りかえした。ロープが首に食いこみ、いっそう強く絞めようとする。窒息から逃れるべく、桐嶋は無我夢中で身をよじった。

拳銃《けんじゅう》で背後の敵は狙えない。足もとを見下ろすと、敵の靴が目にとまった。桐嶋は片足を浮かせるや、蹴《け》りこむも同然に勢いよく、踵《かかと》で敵の足を踏みつけた。足の甲はあまり鍛えられない。背後の敵が苦痛の叫びを発し、ロープをつかむ握力を緩めた。桐嶋は上体を傾けつつ、背後の敵に肘《ひじ》打《う》ちを見舞った。渾身《こんしん》のバックエルボーが敵の顔面に命中すると、にわかにロープがほどけた。桐嶋は床に這《は》いながら離脱した。

油断なく片膝で立ち、敵に向き直る。そこには藤敦が立っていた。ロープをかなぐり捨てた藤敦が、近くの作業台に飛びつき拳銃をつかみあげる。

銃口が向けられるより早く、桐嶋は膝立ちのまま藤敦を狙い澄ました。だがトリガーを引こうとしたとき、避難を急ぐ作業着がぶつかってきた。桐嶋は体勢を崩してしまった。

一瞬のタイムラグが藤敦を有利にする。桐嶋が向き直ったとき、藤敦の拳銃がこちらを狙っていた。

まずい。桐嶋は拳銃を発砲しながら横方向に駆けだした。脱出経路からは遠ざかり、作業フロアに戻らざるをえない。トリガーを引いても反動を感じなくなった。スライドが後退したまま固まっている。弾を撃ち尽くした。マガジンを交換せねばならない。

ポケットのなかのマガジンをとりだそうとしたとき、藤敦が銃撃を浴びせてきた。近くの作業台が跳弾に砕け散る。桐嶋はとっさに躱《かわ》そうと身を翻し、拳銃を落としてしまった。拾いに戻る余裕はない。作業台の陰で身を低くしつつ、桐嶋は逃走しつづけた。藤敦による発砲が追いまわしてくる。

撃ちながら藤敦が怒鳴った。「桐嶋！　おまえあのコンパニオンとグルだったのか」

「グル？」桐嶋はあえてせせら笑った。「職場にめったに顔を見せない社員にも、気を配っとくべきだったよな、藤敦。おまえは〝探偵の探偵〟にしてやられたのさ」

藤敦の怒りは罵声《ばせい》ではなく、激しい銃撃でしめされた。頭上で作業台が破裂し、細かな木片が降り注ぐ。桐嶋はいっそう姿勢を低くした。

地階の群衆はみな地下通路に殺到し、周りはがら空きになりつつある。藤敦が桐嶋を狙うのも容易になった。激しい銃撃がなおもつづく。藤敦が声を張った。「警官が大挙して乗りこんできた以上、終わるのは俺たちだけじゃねえ。おまえも豚箱行きか、その前にくたばるかだ」

「ちっとも命中しないな。藤敦、おおかた漆久保の射撃場で練習させてもらっただけだろ？　生きるか死ぬかの瀬戸際に、にわか仕込みのへっぴり腰じゃお里が知れる。俺もおまえも、銃どころか裁ちバサミさえ携帯できない、弱っちい日本人だもんな」

「ぬかせ！」なおも銃声が響き渡ったが、今度は作業台にかすりもしなかった。藤敦の声は焦躁《しょうそう》に震えだした。「おまえには構造改革の意義が理解できていない。無力なままの日本人でいいのか」

「銃所持が許可されたって、暴力は法で禁じられるべきだろ。軍備は必要かもしれないが、民間人が戦争に巻きこまれる前提だなんてご免こうむる」

「おまえは頭が花畑なだけのめでたい奴だ」

「人の情事を追っかけてるのが探偵なんだよ。漆久保の威を借りて、自分も偉くなったつもりかよ。キョロ充探偵とでも名乗りやがれ」

憤激にまかせた銃撃がつづけざまに襲う。数発が作業台を突き抜け、桐嶋の頭上をかすめ飛んだ。だが銃声はそれっきりやんだ。

桐嶋は伸びあがり、作業台の陰からようすをうかがった。藤敦の表情は凍りついていた。手にした拳銃のスライドが後退している。あわてぎみにグリップ下部からマガジンを抜き、近くの作業台のマガジンを奪う。銃床にあてがったものの、挿入できないようだ。仕様が適合していない。

藤敦のひきつった顔が桐嶋を見つめた。桐嶋も緊張とともに藤敦を見かえした。

ふたりはほぼ同時に動きだした。桐嶋は作業台の上に目を走らせ、作りかけの拳銃をつかんだ。さっきと変わらずグロックG44、ただし今度は骨組だけでしかない。作業台を駆けめぐりパーツを手にしていく。藤敦を一瞥《いちべつ》すると、向こうも同じことを始めていた。せわしなくパーツをとりあげては、骨組にあてがい、合致しない場合は投げ捨てる。

桐嶋は急ぎ撃鉄をつまみとった。手のなかで骨組をふたつに割り、バネのなかにパーツを押しこむ。トリガーも見つけるや装着した。グリップのカバーはとりあえず必要ない。撃てればいいからだ。スライドストップもトリガーガードもいらない。

あとはスライドの確保を残すのみ。桐嶋がそう思ったとき、視界の端で藤敦が足をとめた。藤敦の手にある拳銃はリボルバーだった。自動拳銃より組み立てが早い。もはや完成していた。藤敦の目が鋭い輝きを帯びた。

桐嶋は息を吞《の》みながらも、発見したスライドをつかみあげた。スライドを拳銃の上部に装着し始める。藤敦のほうはシリンダーを横に露出させ、弾をこめだした。藤敦が数秒だけリードしている。ところが藤敦は苦い顔になり、弾を床に投げつけた。適合しないようだ。

そのあいだに桐嶋はスライドを嵌《は》めた。藤敦もときおりこちらに視線を走らせている。弾込めに至っていないのは両者同じ、そう藤敦は判断したようだ。しきりに弾を拾っては、シリンダーにこめようと四苦八苦している。

だが桐嶋のほうは、さっき入手したマガジンがポケットにあった。22LR弾が詰まったマガジンを、グリップに下から叩《たた》きこみ、スライドを引いた。その音に藤敦が愕《がく》然《ぜん》とする。桐嶋は藤敦に向け発砲した。

銃声とともに藤敦がくずおれた。拳銃が床に転がる音がする。桐嶋は油断なく周囲に視線を配った。もう作業フロアは閑散としつつある。階段の上り口には作業着らが居残り、かろうじて機動隊を押しとどめている。陥落は時間の問題だった。

桐嶋は作業台をまわりこみ、藤敦の倒れている場所に近づいた。足もとのリボルバー拳銃を蹴って遠ざける。

藤敦は肩の出血を手で押さえていた。仰向《あおむ》けに横たわったまま、青白い顔の藤敦が桐嶋を仰ぎ見た。「殺せよ」

「そんな気はない」桐嶋は拳銃を下ろした。「もう勝負はついてる」

「そいつを拾ったらどうだ」藤敦は床に落ちたリボルバーに顎《あご》をしゃくった。「武器は多いほどいいんだろ？」

「撃てない銃なんかいらない。別の銃のラチェットが嵌《はま》ってる。シリンダーの薬室がバレルとまっすぐにならない」

「ああ。銃はおまえのほうが詳しいか。元獅靭会だもんな」

思わずため息が漏れる。床にひろがる赤い水たまりを眺めた。こんな命のやりとりを、天職のように望んだわけではない。

「結局」桐嶋は静かにつぶやいた。「分不相応な仕事に手を染めちまったのが、お互い不運だったんだよ。情事を追っかけるのが探偵。俺たちはそれぐらいでいい」

藤敦の顔は血色を失いつつあった。致命傷でなくとも、早めに治療が必要だろう。意識が朦朧《もうろう》としかかっているのがわかる。藤敦は唸《うな》るようなつぶやきを漏らした。

「そうだな。俺たちゃしょせん小市民、日本の探偵だもんな」

「ああ」桐嶋は応じた。「果物ナイフさえ持てない、平和な日本の探偵。仕事は浮気調査や人捜し」

「ストーカー調査やいじめ調査」

「盗聴器発見や企業調査。それぐらいでいいよ、小市民の俺たちは」

ふたりに沈黙が降りてきた。藤敦は長いこと桐嶋を見つめていたが、やがて深いため息をついた。眠るように両目を閉じた。

助かるかどうかは、救急車がいつ到着するかによる。桐嶋は踵《きびす》をかえした。G44をぶら下げ、その場をあとにした。

突然どよめきと怒号に似た声が同時に響き渡った。機動隊がついに階段の防御を打ち破った。川の決壊のごとく地階になだれこんでくる。桐嶋は歩を速めた。ほどなく全力疾走に移る。

避難経路の地下通路は、ラッシュ時のような混雑が緩和され、まばらに作業着が逃げこむばかりになっている。桐嶋はそこに突入していった。ダウンライトが等間隔に照らすだけの、コンクリート壁に囲まれた無機質な通路。桐嶋は猛然と走り抜けていった。

行く手に上り階段が見えている。ドーム内部の地上階へとつづく階段だった。アドレナリンが全身の苦痛を一時的に遠ざける。だが体力は確実に底を尽きつつある。息を弾ませながら桐嶋は走った。晶穂を無事に帰すまでは死ねない。

19

桐嶋は階段を駆け上った。作業着はみな背を向け、桐嶋の先を走って行くが、なかには律儀に漆久保への義理を果たそうとする者もいる。踊り場に立つ作業着が桐嶋に拳銃《けんじゅう》を向けてきた。だが桐嶋は走りながらも、油断なく拳銃を水平方向にかまえていた。突然の遭遇における反応は桐嶋のほうが早かった。歩を緩めず三度トリガーを引いた。速い速度で前進しているからだろう、火薬の熱い粉末がわずかに顔に降りかかる。向こうずねを砕かれた敵は絶叫とともに突っ伏した。

頭上に目を向ける。階段はあと少しで出口に達する。ドーム天井が見えていた。無数の白色灯が照らしている。銃声はひっきりなしに鳴り響いていた。

桐嶋は出口の寸前まで上ったのち、いったん足をとめた。呼吸を整え、トリガーにかかった指を軽く引き絞り、発砲までの遊びをたしかめる。跳躍に近い動作で、一気に残りの階段を駆け上り、出口から飛びだした。

すぐさま片膝《かたひざ》をつき、四方八方に拳銃を向け警戒する。至近距離に敵はいなかった。広大なドーム内はあたかも国境紛争の様相を呈していた。延々とつづく田園地帯のあちこちに、濃霧に似た煙が漂い、銃火が閃《ひらめ》いている。逃げ惑う人の群れが点在する一方、作業着らが警察に応戦している。赤色灯を点滅させたパトカーが、路上を縦横に駆けめぐる。作業着の集団は拳銃のみならず、手榴弾《しゅりゅうだん》で武装していた。走るパトカーの周辺に爆発の火柱が立ち上っては、放射状に土塊を撒《ま》き散らす。

機動隊が複数の部隊に分散し、局所的に作業着らと交戦している。玲奈と晶穂はどこに行ったのだろう。見渡すばかりでは埒《らち》があかない。付近の路上はどこも戦闘状態にあった。桐嶋は畑のなかを突っ切るべく走りだした。

降雨がわりのスプリンクラーが作動した直後だったとわかる。ぬかるんだ土に靴が丸ごと埋まった。後悔しつつもいまさら引きかえせない。なるべく硬い地面を見てとりながら歩調を速めた。

耳慣れない音が急速に接近する。銃声ばかりききすぎ、聴覚が鈍りがちだったのかもしれない。桐嶋がはっと気づいたときには、風圧とともに黒い影が迫っていた。

あわてて飛び退いたが、身体の一部が接触した。桐嶋は弾《はじ》き飛ばされ、泥のなかに転がった。

すぐわきをエンジンの唸りが通過していく。桐嶋は顔をあげた。赤い車体のトラクターが急速に畑の上を遠ざかる。泥を撥《は》ねあげ、スピンターンも同然に転回し、こちらに向き直った。運転席におさまる巨漢はクロだった。にんまりと笑いながらステアリングを切り、桐嶋めがけ猛進してくる。

拳銃がない。泥のなかに埋もれてしまったようだ。桐嶋は身を翻し逃走した。だが足がもつれ、前のめりに転倒した。トラクターを振りかえる。轢《ひ》かれるのではと危惧《きぐ》したが、トラクターとは思ったより距離があった。走破性に優れていても、路上のクルマのように加速はできないようだ。

それならイチかバチか、攻めに転じるべき局面だ。桐嶋は跳ね起きると、トラクターに向け、一気に走りだした。運転席でクロの右手が当惑ぎみにさまよった。このまま桐嶋を撥ね飛ばすべきか、停車し桐嶋に対峙《たいじ》するか、一瞬決断を迷ったようだ。そのせいで加速が遅れた。桐嶋はトラクターの前部に飛びつき、すばやくボンネットに這《は》いあがると、運転席のクロに挑みかかった。

クロはさすがにあわてたようすで、まず片手をステアリングから放し、桐嶋の胸倉をつかんだ。桐嶋はこぶしを固め、クロの顔面を何発も殴打した。ダメージはさほどあたえられなかったものの、クロは片手だけでは防御しきれないと悟ったのか、もう一方の手で桐嶋の喉《のど》もとを絞めあげてきた。ステアリングが手放しになったとたん、トラクターは進路を逸《そ》れていき、片輪を大きめの台形畝に乗りあげた。車体が横転寸前まで傾き、桐嶋とクロは揉《も》みあったまま、畑の上に投げだされた。

泥にまみれ転がるうち、無人状態で遠ざかるトラクターを目にした。桐嶋が立ちあがろうとしたとき、背後から怪力が羽交い締めにしてきた。クロは桐嶋を高々と持ちあげると、人形のごとく放り投げた。

またも泥のなかに突っ伏す。視界が真っ暗になり、息もできなくなった。両手で泥を掻《か》きむしるうち、片手がなにやら棒状の物にあたった。もがきながら上体をのけぞらせ、なんとか顔を露出させる。ぼやけた視界をクロが突進してきた。

泥だらけのクロがわめき散らした。「損害賠償はおまえの命で償……」

反射的に桐嶋は棒をつかみあげた。それが農具の柄であることだけはわかっていた。先端部が泥から浮上したとき、芋掘り用の四本爪フォークがあらわになった。クロがぎょっとして踏みとどまろうとするが、勢いが殺しきれない。桐嶋はとっさに柄の端、ショベルと同様の把《と》っ手《て》をつかんだ。フォークを固定できなければクロの肉体を貫けないからだ。

四本爪をクロに向け、満身の力をこめ水平に突きを浴びせる。フォークはクロの大《だい》腿部《たいぶ》に深々と刺さった。眼球が飛びだすほど目を剝《む》き、クロが絶叫とともにドーム天井を仰いだ。脚が全身を支えきれなくなったのだろう、クロは両腕をぐるぐると回し、必死に体勢を維持しようとしている。その努力も空しく、背中から泥のなかに倒れこんだ。

　桐嶋はゆっくりと起きあがった。クロを見下ろすと、ズボンから赤い血煙が噴出している。スキンヘッドの丸顔は血の気を失いかけていた。寒さを感じているかのように、唇が痙攣《けいれん》し激しく震える。半目を開いているが、焦点は虚空をさまよっていた。

　クロのスーツの内ポケットに、わずかな膨らみが見てとれる。桐嶋は手を挿しいれた。スマホをつかみとった。ロックがかかっている。クロの顔に向けたものの、解除はされなかった。顔認証は登録していないらしい。

〝緊急〟というボタンをタップし、１１９番をプッシュする。スピーカーをオンにしたのち、クロの胸の上にスマホを横たえた。

　助かりたければ自分で救急車を呼べばいい。警察は消防署に出動を要請済みだろうが、ドーム内に重傷や重体が多すぎ、当面はてんてこ舞いにちがいない。クロが優先的な救助を求められるかどうか、みずから試す機会はあたえられるべきだ。

　眉《まゆ》のない一重瞼《まぶた》の奥で、ぼんやりとしたまなざしが桐嶋をとらえる。桐嶋を認識しているかどうか、すでに疑わしかった。言葉を投げかけたところで意味はない。クロに背を向けると、桐嶋は歩きだした。

エンジンがかかったままのトラクターが、土の傾斜に乗りあげ、斜めになったまま停車している。桐嶋はトラクターをめざした。

全身泥まみれのまま、桐嶋はトラクターに飛び乗った。運転席のメーターパネルに目を落とす。ラミネート加工のカードが紐《ひも》で吊《つる》してあった。

それはドーム地上階の図面だった。赤い矢印で避難経路が記されている。エントランスとは逆方向に平面駐車場と、車両の出入口があるらしい。

桐嶋は図面を頭に焼き付けると、カードを放りだした。主変速と副変速のレバーを調整、左足をクラッチペダルから浮かせ、右足はアクセルペダルを踏みこむ。トラクターが走りだした。

運転方法はクルマとさしてちがいがない。ただしアクセルはレバーとペダルの二系統がある。フットブレーキのペダルもふたつ備えていて、左右のタイヤに別々にブレーキをかけられる。

戦闘地帯を避《よ》けつつドームの端へと向かう。トラクターは大きく上下に揺れていた。畑から道路への傾斜を上ろうとしたとき、前輪が浮きあがったせいか、にわかにステアリング操作が利きづらくなった。後ろが重いせいだ。ロータリー部を下げるや走行が安定しだした。傾斜を上り、道路を乗り越え、また畑のなかを突っ切っていく。

絶えず周囲に目を配った。そこかしこで機動隊が作業着の群れを圧倒しつつある。拡声器による警告が鳴り響くが、なにを喋《しゃべ》っているかは判然としない。

いきなりトラクターのわきに火柱があがった。熱風が押し寄せるとともに、車体が横転寸前まで傾いた。なんとか立て直したものの、畑の泥が噴火のごとく撒き散らされる。

至近に爆発が起きた。前方を水平に延びる路上に作業着がひとり立っていた。オーバースローで手榴弾を投げてくる。前に会った男だと桐嶋は気づいた。節子がタカヒトと呼んでいた若造だ。

桐嶋はアクセルを踏みこんだ。畑の一角に灯油容器の集積所があった。間もなく桐嶋のトラクターが近くに差しかかる。タカヒトがそこを狙っているのはあきらかだった。手榴弾がポリ容器の狭間《はざま》に落ちるのが見えた。

姿勢を低くしステアリングにしがみついた。灯油集積所に赤い閃光《せんこう》が走るや、巨大な火球が膨張した。轟音《ごうおん》とともに凄《すさ》まじい爆風が吹き荒れる。肌が焼けるかに思えるほどの高温に包まれる。嵐のごとく泥が横殴りに叩《たた》きつけた。だがそれは一瞬にすぎなかった。桐嶋はトラクターを猛進させていった。

灯油集積所に発生した火災により、辺りに黒煙が立ちこめだした。路上のタカヒトは身体を伏せている。視界不良のせいかトラクターの距離をつかみかねたらしい。桐嶋は道路に乗りあげるや、容赦なくタカヒトにぶつけようとした。あわてたようすのタカヒトが跳ね起き、逃走に転じる。桐嶋はエンジンをふかし急加速したが、タカヒトは路上を転がり、かろうじて側面へと脱した。その行方を目で追っている暇はなかった。トラクターは道路を横断し、ふたたび畑に突入した。タカヒトがどこに消えたか気になるものの、いまは後方を振りかえっている場合ではない。

後方に泥を盛大に噴きあげつつ、道なき道をトラクターで突き進んでいく。ドームの端に近づいた。ここはエントランスとは逆方向、いわば施設の最深部にあたる。戦闘地帯からは遠く離れていた。畑のなかに敷かれた車道が、平面駐車場へとつづいている。漂う黒煙のなかに銃火が閃《ひらめ》く。小規模な銃撃戦が駐車場に見てとれる。

トラクターを接近させると人影がはっきりしてきた。建築資材の陰に身を潜めるのは玲奈だった。身を乗りだしては銃撃するものの、そのうち発砲が途絶えた。弾が尽きたらしい。チャンスとばかりに作業着らが繰りだしてきた。四人が玲奈に襲いかかる。玲奈の高い蹴《け》りがひとりの顔面に命中した。だがほかの三人が抜け目なく包囲し、玲奈を取り押さえようとしている。

桐嶋はアクセルを全開にし、トラクターを駐車場に乗りあげさせた。作業着の三人がいっせいに目を瞠《みは》った。玲奈がわきに飛び退く。桐嶋はトラクターを三人に突っこませた。

撥《は》ね飛ばしたのはひとりだけだった。ふたりはアスファルトに転がり、間一髪難を逃れた。だが桐嶋はトラクターを飛び降り、ただちに敵の拳銃《けんじゅう》を掌握した。もう一方の手で掌打を放ち、顎《あご》を突きあげると同時に、ストンプキックで膝《ひざ》を蹴りこんだ。敵をひざまずかせたとき、もうひとりが背後から襲いかかってきた。桐嶋は向き直り、膝蹴りを敵の腹に浴びせると、胸倉をつかみ投げ技を放った。敵ふたりは衝突し、絡みあいながら畑の泥に落下した。

桐嶋は玲奈に駆け寄った。「だいじょうぶか」

俯《うつぶ》せのまま玲奈が泥まみれの顔をあげた。「晶穂さんが……」

玲奈の視線を目で追うと、マイバッハのテールランプが赤く光っていた。停車した車体の後部座席、ドアが半開きになり、白髪頭の節子が顔をのぞかせている。節子は晶穂を抱き締めていた。晶穂の救いを求めるまなざしが桐嶋をとらえた。必死に両腕を振りまわすものの、節子からは逃れられずにいる。

漆久保は車外に立っていた。桐嶋の姿に心底愕然《がくぜん》としたらしい。慌てふためき運転席に飛びこんだ。ドアが勢いよく閉じた。マイバッハが発進しようとしている。

桐嶋は拳銃を拾ったものの、晶穂がいたのでは撃てなかった。だが躊躇《ちゅうちょ》している暇などない。瞬時に駆けだすや全力疾走で追った。マイバッハの後部が目前に迫る。リアウィンドウの向こう、晶穂が振りかえり、内側からガラスを叩きだす。節子が平手で晶穂を何度もぶった。マイバッハが遠ざかり、加速に入ろうとしている。桐嶋は車体後部に飛び乗った。勢いでトランクの蓋が凹《へこ》み、わずかに浮きあがった。

たちまち車速が上昇する。桐嶋を振り落とすべく、漆久保はマイバッハをしきりに蛇行させた。足場が狭い。桐嶋は軽く跳躍した。慣性の法則を利用し、前方へとジャンプしながら、身体を反転させる。両脚は進行方向に投げだし、クルマの屋根に腹這《はらば》いになった。

押さえつけるものがなくなり、車体後部のトランクの蓋がさらに浮きあがった。クルマが蛇行するたび荷物を撒《ま》き散らす。クレー射撃用の散弾銃が駐車場に転がった。桐嶋は屋根の上で腹這いのまま、リアウィンドウをのぞきこんだ。晶穂と節子が激しくつかみあっていた。

マイバッハが急速にUターンし、駐車場を逆走しだした。桐嶋はふいの遠心力に抗《あらが》い、なおも屋根にしがみついていた。拳銃の銃口をリアウィンドウに這わせる。ふたりに当てないよう発砲した。全面に蜘蛛《くも》の巣のごとく亀裂《きれつ》が走る。銃床を叩きつけガラスを砕いた。晶穂と目が合った。桐嶋は拳銃を投げ捨て、晶穂の差し伸べた手を握った。

節子も夜叉《やしゃ》の形相で晶穂に抱きついた。桐嶋はわざと上体を屋根から車体後部へと滑落させた。またトランクの蓋を押さえつけるように閉じる。そのとき節子の血走った目が睨《にら》みつけてきた。

「このクズ！」節子がありったけの罵声を桐嶋に浴びせた。「そこそこのルックスだからって調子づくんじゃないわよ！　甘い顔してりゃつけあがりやがって。おまえみたいなガキ、うちの人が少しでも本気になれば……」

激しい振動と風圧のなか、桐嶋は節子に声を張った。「ご婦人には敬意を持って接するけどな！　性悪ばあさんは対象外だ！」

桐嶋はありったけの力をこめ、節子の顔面を勢いよく蹴った。その反動で桐嶋の身体が車体後方に飛んだ。晶穂の手を放さなかった。ガラスが消失したリアウィンドウから晶穂が引っぱりだされる。桐嶋は晶穂の手を放さなかった。

晶穂を抱き締めた。片手で晶穂の頭を覆い、来《き》るべき衝撃から守った。宙を飛びながら桐嶋はアスファルトにぶつかり、ふたりは弾みながら転がった。今度こそ骨折を疑うほどの激痛が包みこんだ。桐嶋は仰向《あおむ》けに寝そべった。

近くに晶穂が俯せている。負傷の有無が気になる。桐嶋は身体を起こそうとした。

そのときタイヤがきしむ甲高い音をきいた。はっとして目を凝らすと、マイバッハがふたたびUターンし、こちらに進路を向けていた。ヘッドライトを灯《とも》しながら突進してくる。漆久保がステアリングにしがみつき、躍起になってアクセルを踏んでいる。腫《は》れぼったい目は、いまや魚のように見開かれていた。

「桐嶋さん！」玲奈の声が響き渡った。

玲奈は飛びこむように伏せながら、両手に握った拳銃のうち一丁を投げた。作業着から奪ったしろものにちがいない。宙を舞う拳銃を桐嶋はつかんだ。上体を起き上がらせ、両手でマイバッハを狙い澄ました。

矢継ぎ早にトリガーを引いた。玲奈も俯せのまま銃撃した。ふたりの銃声が絶え間なく耳をつんざく。さかんに振動するグリップをしっかり握りしめ、力ずくで弾道を安定させる。薬莢《やっきょう》が次々と宙を舞う。火薬のにおいを嗅《か》いだ。

ふたりが狙うのは前輪だった。タイヤ近くの路面に跳弾の火花が散る。マイバッハが急速に距離を詰めてきた。もう後がない。照星と照門、標的を一直線に見定める。対象をじっくり狙い澄ますのはいつ以来だろう。その猶予もわずか一、二秒だった。すぐにケリがつく。敗北すれば死だけがまつ。

マイバッハはさかんに蛇行している。漆久保は弾を避《よ》けようと必死だった。だが重みのある車体は、急に進路を変えられない。惰性で運動の方向があるていど保たれる。一秒後の位置は予想がつく。

視覚が認識してから指が反応するまで、さらに弾の発射から到達までのタイムラグを考慮する。あえてマイバッハのわきに外すように銃撃した。車体は吸い寄せられるように、弾の飛んだほうに頭を振った。

銃声に似た破裂音がこだました。タイヤがバーストし、マイバッハは制御を失った。蛇行がさらに大きくなったが、車体はいっこうに減速しない。桐嶋らが身を退《ひ》き躱《かわ》すと、マイバッハは平面駐車場を飛びだし、畑のなかに突っこんだ。

クラクションが鳴りっぱなしになった。マイバッハはボンネットを泥のなかにめりこませ、後方を跳ねあげたまま静止した。フロントとサイドのウィンドウはガラスが砕け散っている。車内に開いたエアバッグが視認できた。

さすがベンツの最上位車、あれだけ激しい衝突にもかかわらず、ボディはほとんど潰《つぶ》れていない。桐嶋はゆっくりと立ちあがった。腱《けん》を伸ばしきろうとすると、痺《しび》れがひどくなる箇所が多い。片足を引きずりながら桐嶋は歩きだした。拳銃は油断なくマイバッハに向けておく。

桐嶋はまた泥のなかに降り立ち、慎重に車体へと接近していった。運転席のドアに手をかけた。わずかに開けただけだったが、車体が前傾状態のため、ドアは自然に全開になった。桐嶋はふたたび拳銃を両手で握った。

しぼんだエアバッグから逸《そ》れた位置に、漆久保の顔があった。白目を剝《む》き、全身血だらけで、ぐったりと脱力しきっている。車外へと倒れてきた身体が、泥の上に投げだされた。エアバッグに救われなかったのは、シートベルトを締めていなかったせいだ。

後部座席にいたはずの節子も同様だった。助手席まで飛んだうえ、上下逆さになって転がっていた。フロントウィンドウから流入した泥のなかに半ば埋もれている。節子の目もやはり開いたままだった。もはや瞬《まばた》きひとつしない。

夫妻の脈をとる気にはなれなかった。漆久保のジャケットのポケットからキーをつかみだす。ほかの何本ものキーと束ねられていた。すべて車種が異なる。BMWのスマートキーのボタンを押すと、平面駐車場に反応があった。大型セダンのBMW7にハザードの点滅が見てとれる。

スマートキー一個だけを外し、残りの鍵束《かぎたば》は泥のなかに捨てた。桐嶋は平面駐車場に戻った。玲奈が晶穂を支えつつ歩み寄ってくる。晶穂は見るからに疲労困憊《こんぱい》の状態だったが、それでも自分の脚で立っていた。

いきなり晶穂の目が丸く見開かれた。「桐嶋さん！」

びくっとして桐嶋は振りかえった。低空を飛んできたドローンが急速に迫り来る。

桐嶋は晶穂と玲奈に飛びついた。ふたりを押し倒すように伏せると、頭上をドローンがかすめ飛んでいった。

桐嶋は視線をあげた。遠ざかったドローンが、ドームの天井近くに舞いあがり、ふたたびこちらに降下してこようとする。やけに不格好なドローンだった。機体下部に直方体のブロックを備えている。

玲奈が緊迫した声を響かせた。「たぶんＣ４爆薬」

思わず息を吞《の》んだ。たしかにその可能性が高い。とてつもない爆発力を生じるプラスチック爆薬。ただしぶつかった衝撃では起爆しない。ドローン本体に起爆装置が付いている。むろん遠隔操縦でオンにする仕組みだろう。

辺りを見まわし操縦者を探す。起伏のある畑がつづくドーム内で、桐嶋たちの位置を正確に把握し、ドローンを突撃させるのは容易でない。操縦者は地上にいないのかもしれない。天井を仰いだとき、桐嶋は愕然《がくぜん》とした。

はるか頭上、ドーム天井に張りつくように、清掃用ゴンドラが梁《はり》に吊《つ》り下がっていた。泥まみれの男が上半身を乗りだし、こちらを見下ろしている。タカヒトだ。両手でコントローラーを操っている。ドローンの進路を変え、ふたたび桐嶋らに特攻させようとしている。

玲奈が焦躁のいろとともにいった。「銃がない……。どうすればいい?」

また心臓が早鐘を打った。桐嶋は駐車場のアスファルト上に目を走らせた。さっきマイバッハから落下した散弾銃が横たわる。視認するや桐嶋は駆けだした。ドローンの羽音が迫る。玲奈が晶穂を抱き逃走する。だが晶穂の足がもつれたらしく、ふたりとも倒れこんだ。桐嶋は状況を視界の端にとらえつつ、散弾銃に猛然と駆け寄った。頭から飛びこみ、前転しながら散弾銃を拾う。

あのときのクレー射撃に用いたのと同じ、スギナミベアリング製の上下二連銃だった。ふたたび立ちあがるまでに、振動に生じるかすかな感触から、カートリッジ二個が収まっていると知る。桐嶋は振りかえった。ジグザグに接近してくるドローン、その一瞬先の位置を予測し、散弾銃のトリガーを引き絞った。

肩当てに反動を感じる。銃声とともにドローンが砕け散った。C4は起爆せず、ただアスファルトの上に転がった。桐嶋は仰向けに横たわり、斜め上方のゴンドラを狙い澄ました。タカヒトが泡を食ったように上半身をひっこめる。だが桐嶋は、梁に設けられたレールと、ゴンドラの滑車の接点を標的にした。

最後の一発を発射する寸前、桐嶋はつぶやいた。「それで隠れたつもりかよ」

トリガーを引き、眼前に銃火が閃《ひらめ》いた。銃声が轟《とどろ》く。着弾までわずかな間があった。それだけ距離が開いていた。ドーム天井の梁に火花が散り、ゴンドラが大きく傾いた。タカヒトがコントローラーを投げだし、両腕を振りかざしているのが見える。その身体は逆さになったゴンドラのなかに飲みこまれた。ゴンドラは回転しながら垂直落下し、段々畑に叩きつけられた。

火薬のにおいが残る散弾銃が、桐嶋の手のなかにある。それを放りだした。晶穂と玲奈に視線を向ける。墜落死の瞬間を見せまいとしたのだろう、玲奈が晶穂を抱き締めていた。晶穂は顔を伏せていた。やがて晶穂はゆっくりと身体を起こし、茫然《ぼうぜん》と辺りを見まわした。

桐嶋はドーム内を振りかえった。銃声がほとんどきこえなくなっている。そこかしこで火の手があがっていた。車両火災がほとんどだろう。センサーが探知したのか、人工降雨設備がいっせいに作動し、散水を開始した。広大な屋内田園地帯は、いまや土砂降りの雨のなかにあった。

遠方の戦闘地帯を眺めた。機動隊の盾が無数に包囲するなか、一か所に集められた作業着らが、力なく両手をあげている。そんな光景がいたるところにある。そのうち警察はこちらにも押し寄せるだろう。

「どうする？」桐嶋は玲奈にきいた。

「消えるにかぎる」玲奈が応じた。「ちがいますか」

「いや。俺もそう思ってた」

地上階の指紋など、この散水で洗い流される。水は地階にも流れこむ。鑑識がパウダーを吹き付けてまわるには広すぎる。千人以上が入り乱れた戦場跡だ。現場検証も裏付け捜査もあまりに規模が大きく、ふたりや三人の指紋の検出などありえない。汗や皮膚片のDNA型はなおさらだ。

ドーム内の防犯カメラ映像も、録画を残しているとは思えない。漆久保が致命的な犯罪の証拠を、わざわざこしらえるつもりだったとは考えにくい。

たとえ裁判になっても桐嶋たちには、緊急避難や正当防衛を主張できるだけの謂《いわ》れがある。とはいえ逮捕されるのはご免だった。弁証のため途方もなく手間がかかるうえ、得られるものはなにもない。晶穂がマスコミの餌食《えじき》になるのも避けたかった。

なおも散水が降り注ぐ。いまやずぶ濡れの三人だった。玲奈がBMW7の後部ドアを開け、晶穂とともに乗りこむ。桐嶋も運転席におさまった。スタートボタンでエンジンをかける。静かにアクセルを踏みこんだ。自動的にワイパーが作動し、降りかかる水滴を拭《ぬぐ》いだした。桐嶋は思わず苦笑した。

クルマは静かに走りだした。平面駐車場の奥に観音開きのゲートがあった。ナンバーを読みとるセンサーが道路わきに立っている。通過するとゲートは自動的に開いた。

まだドームの外ではなかった。下り勾配《こうばい》が地下トンネルへとつづく。ほどなくトンネルは水平になった。低圧ナトリウムランプのオレンジいろの光が等間隔に連なる。

桐嶋は運転しながらいった。「玲奈。安全な場所に戻ったら、晶穂さんの心のケアを頼めるか」

「いいですけど」バックミラーに映る玲奈が妙な顔をした。「心のケアって？　PTSDを心配するのなら、専門家に診てもらったほうが」

「いや。そうじゃなくてさ。そのう、晶穂さんは、俺のナニを見たりしてるし」

「ナニって？」

「でかい銃身だよ」

「それ男子中学生みたいな比喩《ひゆ》ですか？　下品」

晶穂がぼそりとつぶやいた。「わたしは平気です」

玲奈も反復して伝えてきた。「平気ですって。なにか心配が？」

しばし走行音のみが耳に届いた。桐嶋は思いつくままを言葉にした。「隆々とした状態のナニだったんでね。かなり大口径の」

「それ、晶穂さんにかこつけて、わたしにいいたいとか?」

「そんなセクハラまがいのことは……。まあ情報は多いほうがいいだろ。探偵だし」

あきれたようにため息をつき、玲奈が晶穂にきいた。「今後、桐嶋さんと一緒にいると不安になりそう?」

「……いいえ」晶穂がささやいた。「べつに」

玲奈が前方に向き直った。「銃身なんて記憶に残ってもいないみたいです。自意識過剰じゃないですか」

「いうね」桐嶋はBMW7を走らせつづけた。苦笑が漏れてくる。冗談を口にできるようになったのは悪くない。バックミラーのなかで、ようやく晶穂が目を細めている。玲奈も微笑を浮かべた。

しばらく走るとトンネルは水平になり、やがて上り坂に差しかかった。

地上にでた。辺りは真っ暗だった。木立のなかの私道らしい。辺りには民家ひとつなかった。さすが漆久保の築いた避難経路だ。ナビ画面によれば、道路のない森林地帯を走っている。地図を頼りに幹線道路へと向かう。やがて山の谷間を走る県道86号線に合流した。

バックミラーを眺めた。泥まみれの玲奈と晶穂が、疲れきったようすで寄り添う。ふたりともようやく安堵《あんど》のいろをのぞかせている。

まるで姉妹のようだ。それぞれの思いが一致し、心が通いあっているからだろう。

桐嶋は制限速度を守りながら、スピードリミッターのＬＩＭボタンを押した。これ以上は加速できなくなる。いまはそれでいい。安全運転に徹したい。またしがない探偵、小市民に戻ったのだから。

20

木漏れ日が斑《まだら》状に降り注ぐ路地沿い、静岡県立御殿場東高校のフェンスがつづく。駐車中のハリアーの前方には校門が見えていた。いまは出入りする生徒の姿もない。とっくに授業は始まっているからだ。

エンジンを切った車内は静かだった。運転席で桐嶋はつぶやいた。「悪かった。思いのほか道が混んでたな。ひさしぶりの登校だってのに、また遅刻だ」

助手席には制服姿の晶穂がいた。もう顔の傷跡は八割がた治り、かなりめだたなくなっている。微笑とともに晶穂がいった。「一緒に来て、職員室で申し開きをしてください」

「俺が？」桐嶋は苦笑してみせた。「無理だよ。以前に現れた身元不明の不審者が、またひょっこり姿を見せることになる。たちまち通報の憂き目に遭う」

「だいじょうぶでしょ？　桐嶋先生は女子生徒にも人気だったし」

「職員室じゃ有名企業の人事担当ってことになってるんだよ」

「桐嶋さんが来てくれなきゃ学校に行かない」

「またそんなことといって。困らせるなよ」桐嶋はダッシュボードを開けると、サイコロをとりだした。「1か2がでるまで振ろう。1ならひとりで行くこと。2がでれば僕もついていく」

晶穂がサイコロをつまみとり、疑わしげに眺めた。「これ2がないんじゃなくて？……ほら。やっぱり」

「驚いた。勘がいいな」

「⚄の裏は⚁だもんね。点を三つ描けば⚄になる」

「きみには探偵の素質がありそうだ」

「なら……」

「駄目だよ。スマ・リサーチへの入社は認められない。対探偵課なんてもってのほかだ」

「なんで?」晶穂は不満げな顔になった。「就職先を選ぶ自由はあるでしょ」

「探偵になんかなるな。人の浮気を嗅《か》ぎ回るだけの薄汚い仕事だよ。きみもそういったろ?」

「わたしが?」

「そう。この校内で会ったとき」

「忘れた。桐嶋さんはちがうじゃん。薄汚くなんかない」

そんなふうに思うのは晶穂ぐらいだろう。警視庁捜査一課長の坂東が、顔面を紅潮させスマ・リサーチ社に乗りこんできた。桐嶋は入院中で面会できなかったが、坂東は凄《すご》い剣幕で須磨所長に怒りをぶつけたらしい。証拠はないが桐嶋のしわざなのはあきらかだ。紗崎玲奈が手助けした痕跡《こんせき》もある。誰がスギナミベアリングに戦争を仕掛けろといった?

坂東が憤激をあらわにしたのは、密輸拳銃《けんじゅう》の大量押収という手柄を、千葉県警に奪われたからにちがいない。須磨は坂東にやんわりと反論したようだ。漆久保を後押ししていた国会議員らを摘発できてこそ、本当の手柄だと釘《くぎ》を刺した。坂東は苦々しい顔で黙りこんだという。

拳銃所持の合法化を望んでいた議員が少なからずいた、漆久保はそうほのめかした。事実なら由々しき問題だ。国民に力をもたらすなど詭弁《きべん》にすぎない。新たな産業の開拓、国家有事における国民の戦力動員。政治家の頭にあるのはそんなことばかりのはずだ。

だが銃の撃ち方など知らなくとも、それゆえ弱い国民とはなりえない。学び働くことが真の国力につながる。むろん平和が大前提だ。平和を維持するのは政府の役目になる。法がせっかく暴力の追放を掲げているのに、野蛮な時代に逆戻りしてはならない。

桐嶋は腕時計を見た。じきに午前十時になる。「晶穂さん、そろそろ行きなよ」

「はぁい」晶穂は気のない返事をした。後部座席からカバンを手にとる。見覚えのあるなにかに似た物が、カバンに揺れていた。アンティーク調の小さな南京錠がついたペンダントだった。

思わず言葉を失う。桐嶋はダッシュボードをまさぐり、鍵付《かぎつ》きのペンダントをとりだした。

晶穂が目を丸くした。「それ……」

「璃香さんが落としていった」桐嶋は胸の奥に冷たい風が吹きこむのを感じた。「早く返してあげるべきだった。魔除《まよ》けのお守りだったかもしれないのに」

「魔除け？」晶穂は力なく微笑した。「姉と一緒に旅先で買っただけですよ」

「鍵をアクセサリーにするのには、三つの意味があるんだよ。扉を閉めて施錠するアイテムだけに、悪いことを閉めだして、たいせつなものを守れる」

「ふたつめの意味は？」

「扉を開けるアイテムとして、心を開いたり、未来を切り開いたりできる」

「いい意味なんですね。三つめは？」

「鍵と錠はどちらかひとつが欠けても困る。結びつきと絆《きずな》の強さ、そんな意味がこめられてる」

晶穂が口をつぐんだ。つぶらな瞳《ひとみ》が潤みだしている。さかんに瞬《まばた》きを繰りかえし、桐嶋の手にある鍵をじっと見つめた。

「これは」桐嶋は鍵付きのペンダントを晶穂に差しだした。「きみに……」

ところが晶穂は桐嶋の手をそっと握った。「返さなくていいです」

「お姉さんの形見だよ」

「いまはあなたの物です。姉も納得してくれます」

「だけど……」

「お願い。絆って意味があるんでしょ？　心を開ける鍵ともいった。ならその鍵は桐嶋さんが持っていてほしい」

押し問答に意味はない。桐嶋は静かに応じた。「それがきみにとって望むことなら」

晶穂は涙ぐみそうになるのを堪《こら》えるように唇を噛《か》んだ。無理に微笑を取り繕おうとしても、なお泣き顔がごまかしきれない、そう自覚したようだ。晶穂は表情を覆い隠そうとせず、逆に桐嶋との距離を詰めてきた。桐嶋の頰に軽く口づけをすると、急ぎ身を退かせた。もう晶穂は笑顔になっていた。

桐嶋は困惑とともに車外を見渡した。「誰かに見られちゃいないだろうな」

「そんな心配いらなくないですか。裸を見せあった仲なんだし」

「誤解を受けるよ。未成年が相手じゃ逮捕されかねない」

「そのときはわたしが弁護してあげます」晶穂は助手席のドアを開けた。「行ってきます。桐嶋さん、本当にありがとう。鍵はたしかに預けたから」

言葉の意味が一部わからず途方に暮れる。戸惑っているうちに晶穂はドアを叩《たた》きつけ、クルマを離れていった。もういちど桐嶋に手を振った。晶穂の背中が校門に消えていく。後ろ姿が姉によく似ている。けれども日比谷公園で最後に見た、璃香の去り際とはちがう。

てのひらに残る鍵付きペンダントを眺めた。錠と鍵か。いったん握りしめたのち、サイコロとともにダッシュボードに戻した。

桐嶋はハリアーのエンジンをかけ、ゆっくりと発進させた。脆《もろ》い陽射しが視野のなかに明滅する。この歳になってようやく成長できたのかもしれない。抗争に明け暮れるばかりが〝探偵の探偵〟の仕事ではなかった。虚無に満ちた人生は退屈だ。たまには鍵になって、人の心を開くのも悪くない。

解　説

細谷《ほそや》　正充《まさみつ》（文芸評論家）

帰ってきた。一度は完結したと思われていた、松岡圭祐の「探偵の探偵」シリーズが帰ってきた。それが本書『探偵の探偵　桐嶋颯太の鍵』である。ただし主人公は、紗崎玲奈《ささきれな》ではない。いままでのシリーズでは脇役として登場していた、玲奈の先輩社員の桐嶋颯太《きりしまそうた》だ。

物語の中身に触れる前に、まずシリーズの概要を記しておこう。二〇一四年十一月に講談社文庫から書き下ろしで刊行された『探偵の探偵』によって、シリーズの幕は上がる。主人公の紗崎玲奈は、中堅の興信所「スマ・リサーチ」の対探偵課に所属する探偵だ。かつてストーカーに妹を殺された玲奈は、犯人に雇われて妹の情報を渡した探偵を捜している。そして悪徳探偵を追う探偵として、さまざまな事件の渦中に飛び込むのだった。

という玲奈の活躍は全四巻で決着する。だが二〇一六年に、玲奈と「万能鑑定士

Q」シリーズの凛田莉子《りんだりこ》を共演させた『探偵の鑑定』全二巻を刊行。「水鏡推理」シリーズの水鏡瑞希《みかがみみずき》と「特等添乗員αの難事件」シリーズの浅倉絢奈《あさくらあやな》も登場し、ファンを喜ばせた。なお、この作品で「探偵の探偵」シリーズは完結。「万能鑑定士Q」シリーズは、その後に出版された『万能鑑定士Qの最終巻 ムンクの〈叫び〉』で完結した。さらにいうと「探偵の探偵」シリーズの一部の件は、平成最大のテロ事件を起こし死刑になった男の次女で、幼い頃からさまざまな知識と技術を身に着けた高校生・優莉結衣《ゆうりゆい》を主人公にした「高校事変」シリーズに引き継がれている。

そう、「探偵の探偵」シリーズは、「高校事変」シリーズとも、ガッチリ繋《つな》がっているのだ。本書の中の幾つかの会話を見ると、物語の時間軸は「高校事変」シリーズの後のようである。別に知らなくても読むのに問題ないが、こうした作品世界の繋がり(「高校事変」シリーズには紗崎玲奈の他に、「千里眼」シリーズの岬美由紀《みさきみゆき》も登場している)を知っていると、より楽しみが深まるだろう。

松岡ワールドは、クロスオーバーが激しいので、前置きが長くなってしまった。そろそろ本書に目を向けたい。繰り返しになるが、主人公はスマ・リサーチ社対探偵課所属の桐嶋颯太だ(玲奈は神戸《こうべ》に出張中)。三十三歳のイケメン。社長の須磨康臣《すまやすおみ》とは、過去からの経緯により固い絆《きずな》がある。頭が切れて、荒事も辞さない。すこぶる頼りになる男なのだ。

そんな桐嶋が、六本木《ろっぽんぎ》のガールズバーでアルバイトをしていた女子大生の曽篠璃香《そしのりか》と、日比谷《ひびや》公園のベンチで会った。璃香はガールズバーの太客である、スギナミベアリング株式会社の社長・漆久保宗治《うるしくぼむねはる》から、ストーカー被害を受けているというのだ。聞けば聞くほど漆久保の行為は悪質である。だがなぜか桐嶋は璃香に、批判的な態度を取る。これに怒った璃香は、仕事を依頼することなく、桐嶋のもとを去るのだった。

おいおい桐嶋、どうしたんだよと思ったら、これは彼の計略だった。話を聞く場所を日比谷公園のベンチにしたのも計略。場所を限定することで、漆久保に雇われて璃香を見張っている悪徳探偵の行動を限定し、たちまちその正体を突き止めるのだ。

しかし桐嶋の計略に、驚く読者はいないだろう。なぜなら璃香との会話の中で、いかにしてSNSに投稿した写真から、彼女の住所が暴かれたのか、鮮やかな推理を披露しているからだ。悪徳探偵の推理をトレースし、同じように住所を特定する桐嶋の能力が凄《すご》い！　だから悪徳探偵の正体を暴くことも、彼ならば簡単なことだろうと、すでに納得しているのである。

その悪徳探偵・窪蜂東生《くぼはちとうせい》をぶちのめし、さらに漆久保を痛快にやっつける。読んでいて実に気持ちがいい。ところがそこから一転、大きな悲劇が訪れる（以後の文章で、内容に踏み込んでいるので、何も知らずにストーリーを楽しみたい読者は注意していただきたい）。なんと璃香が殺されてしまったのだ。悪徳探偵も殺されたらしい。璃香の死を悔いる桐嶋は、犯人であろう漆久保を捕まえるために闘志を燃やす。

ここまで読んできて分かったが本書は、巨悪と対決するタフガイ探偵の物語になっている。漆久保の会社は、ボールベアリングの分野では世界シェア一位。日本の警察の所持する拳銃《けんじゅう》の製造も、一手に引き受けている。莫大《ばくだい》な資産とさまざまなコネを持ち、クロこと黒川《くろかわ》を始めとする危険な男たちを手駒として、やりたい放題をしているのだ。だが桐嶋は、相手の身分にも立場にも怯《ひる》まない。まず、漆久保が妻や仲間たちとクレー射撃をしているところに平然と入り込んでいく。

ここで桐嶋が気づく、クレー射撃のトリックが面白い。だが、もっとも注目すべきは、そのことを含めて桐嶋が導き出す、漆久保のキャラクターだろう。私は、この場面を読んで、ヴァン・ダインの『カナリヤ殺人事件』を想起した。名探偵ファイロ・ヴァンスが登場する、アメリカの古典ミステリーの一篇である。この作品の中でファイロ・ヴァンスは、容疑者たちとポーカーをプレイし、その心理分析から犯人に迫るのだ。もちろん心理分析を使ったミステリーは、現代でも幾らでもある。それでも『カナリヤ殺人事件』を真っ先に想起したのは、いかにもな名探偵ぶりを桐嶋が見せてくれるからだ。スマホ、SNS、ドローンなど、ミステリーの道具立ては、きわめて現代的。にもかかわらず、古き良きミステリーの匂いが、松岡作品にはある。ここが大きな魅力のひとつといえるだろう。

さて、漆久保とはっきり敵対関係になっても、桐嶋の行動は止まらない。だが、ある人物と共に、絶体絶命の窮地に陥る。ここからの描写が容赦なく、読んでいるこちらまで絶望的な気持ちになってしまった。それと同時に、漆久保の破天荒な計画が明らかになっていく。いくらなんでも無茶じゃないかと思った。ところがだ。読み進めるうちに、もしかしたらあり得るかもしれないと考え直してしまった。

松岡作品は現代の最前線の事件や出来事を物語に入れることで有名である。本書でも、安倍《あべ》晋三《しんぞう》元総理が銃撃されて死亡した事件を始め、さまざまな事件に言及されている。それが積み重なるうちに、私たちが生きる時代の危うさが見えてくるのだ。現実をベースにしながら、リアリティのギリギリのラインを攻める。物語を成立させる、作者のバランス感覚が凄《すさ》まじい。

そして桐嶋たちが絶体絶命のまま、ストーリーはクライマックスに突入。どうやって助かるかとヤキモキしていたら、その手があったか！　気がついて当然なのに、桐嶋たちの運命にばかり注目して、まったく忘れていた。これ以上書くのは控えるが、シリーズのファンなら大喜びの展開である。

しかも、桐嶋たちのアクションが、とんでもない。最悪の窮地を脱しても、危機連発。漆久保に雇われた、対探偵課の手の内を熟知している武田《たけだ》探偵社の藤敦甲磁《ふじつるこうじ》。何度かぶつかり合っているクロたち。そして漆久保とその妻。あの手この手のアクションで、ラストまで押し切る作者の筆致はパワフルだ。なかでも桐嶋と藤敦の対決方法は、何かの漫画（望月三起也《もちづきみきや》だったろうか）で読んだ記憶があるが、それをこの舞台ならではの形で成立させているのが素晴らしい。悪党どもを許さない、探偵の探偵のアクションに夢中になってしまうのだ。

璃香の無念を晴らすために手段を選ばず、随所で法の一線を越えている桐嶋だが、それでも人間らしい心は失わない。本書の中で彼が、

一匹狼のほうが気楽だ。だが狼一匹だけではなにもできない。

と思うシーンがある。そのように考えられるから桐嶋は、法の一線は越えても、人としての一線は越えないのだろう。先に作者のバランス感覚が凄まじいといったが、キャラクターについても同様である。こちらも読者が受け入れられる、ギリギリのラ

インを攻めているのだ。松岡作品が常にスリリングなのは、事件だけではなく、人物の描き方でも、チャレンジしているからだ。だから、意欲的な姿勢から次々に生み出される作品を、手にせずにはいられないのである。

本書は書き下ろしです。

この物語はフィクションであり、登場する個人・団体等は、現実と一切関係がありません。

探偵《たんてい》の探偵《たんてい》　桐嶋颯太《きりしまそうた》の鍵《かぎ》

松岡圭祐《まつおかけいすけ》

令和4年 11月25日　初版発行

発行者●山下直久

発行●株式会社KADOKAWA
〒102-8177　東京都千代田区富士見2-13-3
電話　0570-002-301（ナビダイヤル）

角川文庫 23420

印刷所●株式会社暁印刷
製本所●本間製本株式会社

表紙画●和田三造

ISBN 978-4-04-113226-5　C0193

◇◇◇

角川文庫発刊に際して

角　川　源　義

第二次世界大戦の敗北は、軍事力の敗北であった以上に、私たちの若い文化力の敗退であった。私たちの文化が戦争に対して如何に無力であり、単なるあだ花に過ぎなかったかを、私たちは身を以て体験し痛感した。西洋近代文化の摂取にとって、明治以後八十年の歳月は決して短かすぎたとは言えない。にもかかわらず、近代文化の伝統を確立し、自由な批判と柔軟な良識に富む文化層として自らを形成することに私たちは失敗して来た。そしてこれは、各層への文化の普及滲透を任務とする出版人の責任でもあった。

一九四五年以来、私たちは再び振出しに戻り、第一歩から踏み出すことを余儀なくされた。これは大きな不幸ではあるが、反面、これまでの混沌・未熟・歪曲の中にあった我が国の文化に秩序と確たる基礎を齎らすためには絶好の機会でもある。角川書店は、このような祖国の文化的危機にあたり、微力をも顧みず再建の礎石たるべき抱負と決意とをもって出発したが、ここに創立以来の念願を果すべく角川文庫を発刊する。これまで刊行されたあらゆる全集叢書文庫類の長所と短所とを検討し、古今東西の不朽の典籍を、良心的編集のもとに、廉価に、そして書架にふさわしい美本として、多くのひとびとに提供しようとする。しかし私たちは徒らに百科全書的な知識のジレッタントを作ることを目的とせず、あくまで祖国の文化に秩序と再建への道を示し、この文庫を角川書店の栄ある事業として、今後永久に継続発展せしめ、学芸と教養との殿堂として大成せんことを期したい。多くの読書子の愛情ある忠言と支持とによって、この希望と抱負とを完遂せしめられんことを願う。

一九四九年五月三日

「万能鑑定士Q」こと
小笠原莉子の再登場――

écriture《エクリチュール》 新人作家・杉浦李奈の推論 VII

レッド・ヘリング

松岡圭祐

2022年12月22日発売予定

発売日は予告なく変更されることがあります。

角川文庫

優莉結衣、最後のピース

優莉結衣　高校事変　劃篇

松岡圭祐

2023年1月25日発売予定

発売日は予告なく変更されることがあります。

角川文庫

ビブリオミステリ最高傑作シリーズ！

好評既刊

écriture《エクリチュール》 新人作家・杉浦李奈の推論 Ⅰ〜Ⅵ／松岡圭祐

角川文庫

由紀の帰還

年ぶり完全新作

中

『千里眼の復活』

著：松岡圭祐

航空自衛隊百里基地から最新鋭戦闘機が奪い去られた。在日米軍基地からも同型機が姿を消していることが判明。岬美由紀はメフィスト・コンサルティングの関与を疑うが……。不朽の人気シリーズ、復活！

角川文庫